U0922069

闲唱集

XIANCHANG JI

王老哈 著

中国铁道出版社
CHINA RAILWAY PUBLISHING HOUSE

图书在版编目（CIP）数据

闲唱集 / 王老哈著 .— 北京：中国铁道出版社，2018.11
ISBN 978-7-113-24966-3

Ⅰ.①闲… Ⅱ.①王… Ⅲ.①诗词－作品集－中国－当代
②对联－作品集－中国－当代 Ⅳ.①I217.2

中国版本图书馆 CIP 数据核字（2018）第 216429 号

书　　名：闲唱集
作　　者：王老哈　著

责任编辑：陈　胚　王晓罡　　　　电　话：（010）51873343
装帧设计：闰江文化
责任印制：赵星辰

出版发行：中国铁道出版社（100054，北京市西城区右安门西街 8 号）
印　　刷：中煤（北京）印务有限公司
版　　次：2018 年 11 月第 1 版　2018 年 11 月第 1 次印刷
开　　本：880 mm×1 230 mm　1/32　印张：7.75　字数：150 千
书　　号：ISBN 978-7-113-24966-3
定　　价：38.00 元

半世歌吟苦，
三秋咏唱闲。
人生嚼五味，
诗句吐真言。

序言

一个有趣的现象出现了，学生王老哈的两部诗集《苦吟集》和《闲唱集》都由我这个不是诗人的老师作序，是件异乎寻常的事。四年前老哈的《苦吟集》让我作序，我写了一篇千字小序，没想到反响良好。还有诗人写诗道："尊师请作序，愧煞攀高枝。"四年后，老哈的《闲唱集》又将出版，他依然让我作序，我有些茫然了。然而，他坚持让我来写，因为他"愧煞攀高枝"，觉得还是由这个中学语文老师写序为好。无奈的我只好再次应允，这还是因为"学生写诗，先生作序，是当仁之责。"（《苦吟集·序》）

这次作序，我更得认真，因为《苦吟集》的序没有阐释其内涵，特别是没有弄清楚"苦吟"二字的真谛。这次我要为《闲唱集》写一篇长序，把上次序文没有表达清楚的内容作一些补充。当然，更重要的是我要借写序言之机，评介老哈的诗作，剖析老哈心灵深处的情感，还要阐述一些诗歌理论，论证一下诗词创作风格，以便与众多欣赏老哈作品的同仁研讨。

人们喜欢雪后寻梅，霜前访菊，雨中护兰，风外听竹，这是文人的雅趣，骚客的闲情。宋朝诗人卢梅坡诗曰：“有梅无雪不精神，有雪无诗俗了人。日暮诗成天又雪，与梅并作十分春”（《雪梅》其二）。这次老哈的诗集命名为“闲唱”，取闲适而吟咏之意。古人说“吟诗”“咏歌”，“吟”就是唱，“咏”就是曼声长歌，即拉长声音唱，所谓“吟咏”是也，所谓“诵读”是也，所谓“歌诗”是也。你看，老哈的《苦吟集》用了一个“吟”字，《闲唱集》用了一个“唱”字，一吟一唱，真是珠联璧合，相得益彰。再加上一个“苦”字，一个“闲”字，“苦吟”加“闲唱”，搭而配之，何其妙哉！个中深意，耐人品味。

荷兰法学家格老秀斯在《战争与和平法则》一书中说：“智者为了和平而去战斗，为了休息而去劳作。”我这里套用一下，智者为了闲适而写诗。老哈的这本诗集命名为《闲唱集》，闲适而吟唱，犹如雪地梅花加诗歌，充满了诗情画意，给人以耳目的享悦，心灵的抚慰，精神的熨帖。

法国作家布吕耶尔在《品格论》中说：“人活着的时候，不要忘记要有意义地过每一天。”老哈的每一天都过好了。他喜欢读书，喜欢游历，更喜欢写诗，而且经常写。我统计了一下，仅 2017 年 3 ~ 5 月就写了六十多首。你看，他生活得何等有质量。他不仅自己欣悦地度过每一天，还把作品编辑成册，付梓出版，把精神财富留给众人。英国思想家卡莱尔在《英雄和英雄崇拜》一书中把英雄分为六种，其中一种是“诗人英雄”。他举诗圣但丁和莎士比亚为例，说诗人也是英雄，这是高超的见解。他又说：“诗实际是歌曲，如果你的描述是真正有乐感的，不止是在口头上的，而是在心中和实质上、在它的一切思想和表达、在它的整个概念上都有乐感的，那么，你的描述就是诗。”老哈的诗是有诗意的，有诗意就有乐感。所以，他以“苦吟”和“闲唱”为诗集名是恰如其分的，他写的是有乐感的诗。孔子曰：“不学诗，无以言。”（《论语·季氏》）“六艺”诗、书、礼、乐、易、春秋中第一个就是“诗”。杜甫诗曰：“笔落惊风雨，诗成泣鬼神。”（《寄李十二白二十韵》）一位诗人又说，写作会改变人，最后就是将一个活生生的人变成了一个诗人。这些话说得何等准确、何等精辟、何等风趣，又何等深刻。诗歌的作用和功能是如此之神奇而巨大。

写序文实则是写文艺批评。这个“批评”主要是指评介作品，论证诗风，阐释其理，挖掘其美。诗人郭沫若曾说：“文艺是发明的事业，批评是发现的事业。文艺是在无之中创造，批评是在砂中寻金。”老哈已经有了“发明”和“创造”，我的这篇序文只是“发现”一下，想寻找金子。其实，诗集之精粹早已秀出，人们说：“披沙拣金，往往见宝”（刘义庆《世说新语·文学》），但这不是沙里淘金，而是十足的黄金。好诗好词就像一坛陈酒，藏之愈久，品之愈香；也像一壶清茶，沏之愈新，咂之愈纯。曹丕在《典论·论文》中说：“是以古之作者，寄身于翰墨，见意于篇籍，不假良史之词，不托飞驰之势，而声名自传于后。”这就是说，老哈诗词之传播是靠作品自身的优势和价值，而不是靠历史家的舆论，不是靠政治家的权势立足的。这就是“不废江河万古流”。（杜甫《戏为六绝句》）而我的这篇序言是不足为训的。

老哈自幼萤窗夜读，蟾影夕窥，孜孜矻矻，守灯无倦；他握素披黄，饱览群籍，吟诗诵文，涵古盖今；雅颂之声不绝于耳，文史之章尽收眼底。他享受读书之乐：“开卷有得，便欣然忘食，见树木交荫，时鸟变声，亦复欣然有喜。”（陶渊明《与子俨等疏》）他也享受写作之乐：“咏周孔之图书，挥翰墨以奋藻。”（汉·张衡《归田赋》）总之，他用读书来倾听，用写作来倾诉，我们已经咀嚼了《苦吟集》，现在再来品尝《闲唱集》。

清人张惠言写有五首《水调歌头》，其五有这么几句：“晓来风，夜来雨，晚来烟。是他酿就春色，又断送流年。”这首词明写春天，暗谈人生，意思是说，人总会有各种经历和磨难，它们既会成就你，让你“酿就春色”，也会消耗你，让你“断送流年”。年华消逝，不可逆转，这更催你珍惜岁月，做出成绩。难怪清人谭献在《箧中词》中评曰：“胸襟学问，酝酿喷薄而出。赋手文心，开倚声家未有之境。”他赞扬张惠言能把儒家的胸襟和道德修养写成美妙的长短句，在词中蕴含着品德与境界，这就是一种微言大义。

老哈在莘莘学子中翘楚秀出，他腹有诗书，天生才情，其诗词时而有磅礴之风，时而有缠绵之意，时而有浩然之气，时而有闲适之情。诗中山川人物，风雷激荡，天地古今，纳入胸怀。老哈构思无滞，诗情英迈，以宏博壮丽的诗词蜚声诗界。他年少而才高，年老而才溢，而且愈写愈娴熟，愈老创作热情愈高。这本《闲唱集》所收诗词除了十几首是2013 ~ 2015年的作品外，其余都是2016 ~ 2017年两年中创造的，这样多产，真是老当益壮，不移浩然之心，达且益坚，不坠青云之志。（妄改王勃《滕王阁序》中句。）

李商隐的《晚晴》诗说：“天意怜幽草，人间重晚晴。”人到晚年善于怀旧，难忘初心。老哈吟道：“流年似水，光阴似箭，逝去杏红桃艳”“曾经懵懂，缠绵缱倦，欲剪情思难断。有过豪情，心忧家国，醉把东风唤。”（《永遇乐·丁酉感怀》老哈又唱道：“渴望迟迟不见，两番羞涩彷徨，东风唤醒热心肠，盖地铺天一场。”（《西江月·青城第三场雪》）这些诗句何等重情，何等深沉，何等眷恋，何等真挚。真是不经一番风霜苦，那得梅花放清香；真是“酝酿春功满，迟来更有情”。（《青城第五场大雪》）王国维曾感慨地说：“欲为诗人，则又苦感情寡而理性多”。（《王国维全集》自序二）老哈是感情中人，他是“闲中心事，忙中情味，并入西楼中。”（王国维《青玉案》）这是因为老哈已经进入了“有我之境。”按照王的诗论，“有我之境，以我观物，故物皆着我之色彩。”（《人间词话》）读老哈的诗词，细玩诗意，情愫很深，观其境界，追寻很远。你读老哈的几首咏雪诗词，你觉得那是在写雪景吗？非也，那是巧思独用，颇具匠心，那是浪漫多感，含蓄深情。词中深意让你浮想联翩，感慨无限。

法国政治家拉罗什富科在《箴言集》中说：“真爱是难得的，真正的友谊更难得。”老哈的许多诗词是在歌咏爱情，歌颂友谊，都写得那么真情，又那么磊落；那么纯洁无瑕，又那么天长地久。优秀的诗人总是能用片言只语解释复杂的感情，能用微言妙语表达无边的情思。法国散文大家蒙田在《蒙田随笔·论藏书》中说：“我的思想在我的书房中能获得彻底的自由。”老哈的思想感情在他的诗歌中也获得了真正的自由。有人说，越是哲学家，可能越是难以参透人生的意义。是的，人是最重感情的，不能太“哲学”了。也有人说，镜花水月才是美好，可望而不可及才是美好，留有遗憾才是美好。意思是说，美好忌时间太长，忌空间太近，忌结局太圆满。“所谓伊人，在水一旁”（《诗经·秦风·蒹葭》），“蒹葭之思”才最美好，因为“两情若是长久时，又岂在朝朝暮暮”（秦观《鹊桥仙》）。

文学可以探究人生的真相，可以破译人心的秘密。我的一个学生梁鸿鹰现已是我国著名的文艺评论家，已是《文艺报》总编辑。最近他在《光明日报》上发表了一篇长文，说作家麦家的小说《暗算》《风声》《解密》之所以在国际上受到欢迎，“一个重要原因是善于挖掘人性和破译人精神世界的密码。”他在“文学满足人所需的精神愉悦”一节中，转引了英国诗人华兹华斯的一段话后说：“诗教也罢，语言美也罢，其中一个重要的作用是，能够有助于我们避免‘愚昧状态’，避免‘心灵趋于迟顿’，永远向美睁开双眼。”说得很精彩，诗歌是美好的，它让我们向美睁开眼睛，享受美的愉悦。诚如俄国诗人普希金的名诗《假如生活欺骗了你》中所说的：“一切都是瞬息，一切都将会过去，而那过去了的，就会成为亲切的怀恋。”法国作家司汤达的墓碑上刻着他说过的三句话：“活过了，写过了，爱过了。”印度大诗人泰戈尔写诗说：“天空中没有翅膀的痕迹，而鸟儿已经飞过。”说得好啊！只要经过、爱过、写过，就足够了。著名书画家启功说过：“我从不温习烦恼”，人就是要珍惜现在，希望未来，抓紧时间做好自己想做的事情。

我引晋·左思《咏史八首》（其一）：“弱冠弄柔翰，卓荦观群书，著论推《过秦》，作赋拟《子虚》”来赞颂老哈的作品，虽然有点溢美，但也不为过分。因为老哈确实是弱冠写诗，确实是卓荦观书，虽未见《过秦》《子虚》之作，但两本诗集足见其创作之功力了。何况近年来，他愈写愈成熟，而且能写出排律、拟古风、诗议论这类一般人不接触的体裁和题材，实属难能可贵。老哈写诗自我调侃说：“老来无事做歪诗，刮肚搜肠乐不支。”（《戏答玉宝老弟》）老哈的诗并不歪，但搜肠刮肚则是必然。打个比方：如果说农民为耕耘而辛劳，为收获而挥汗，为储藏而欣喜，那么，诗人则是为储藏（读书、搜集素材等）而辛苦，为耕耘（写作）而挥汗，为收获（发表、出版）而欣喜。世事变迁，桑榆晚景，抚今追昔，感喟良多。

渐老渐熟，气象峥嵘，深邃睿志，五彩缤纷。真是莫把诗歌等闲看，须知无声诗里有温馨，这就是《闲唱集》的真谛。

老哈的诗作熔文学、历史、哲学于一炉，臻于高境，钦悦重量，博采众长，大气纵横，读之昂然向上，击节叹服。他以读书写诗为乐，真是乐其乐也！老哈也曾是一名官员，但他来了一个华丽转身，从官员变成了诗人，一个纯粹的诗人，很值得恭贺和祝福。

我则是“平时不解藏人善，到处逢人说项斯”，（唐·杨敬之《赠项斯》）推荐才识之士是一个教师的责任，也是最大的乐趣。当老师的就喜欢他的学生站在自己的肩上，就像苏门三代数学大家，李大潜超越了谷超豪，谷超豪超越了苏步青，年轻一代超越了老一代，这就是规律。

明人文征明《除夕》诗云：“人家除夕正忙时，我自挑灯拣旧诗。莫笑书生太迂腐，一年功事是文词。”老哈陶醉在自己的创作成果之中，数十年笔耕不辍，旧诗不少，新诗频出，真可谓洋洋洒洒，荦荦大观。他写出了题材广泛、内容深刻的众多诗词。既有咏史诗，又有咏怀诗；既有政治诗，又有讽刺诗；既有议论诗，又有诗议诗。此外，还有大量的酬唱诗、纪游诗、悼亡诗，下面略作介绍。

咏史诗自晋之王粲以“咏史”作诗题后，左思、鲍照沿用之，后世创作不断。但咏史诗是难写的，因为它容易失落诗意。老哈的咏史诗有十几首，咏史咏人都较得体。又写出了个人的感受，可视为佳作。仅举一例，《闻许玉昌罗秀华夫妇赴以色列旅游有感》（其二）：“尝闻以色列，悲壮引长吟。救难摩西志，称雄大卫魂。高墙哭丧国，圣教幸联群。血火经千载，无疆却有根。”一首平起式五言诗把希伯莱人的历史、耶路撒冷哭墙的遗迹、摩西率众出埃及、大卫称雄做国王等史实，写得如此详实，读之令人钦佩。老哈喜欢读史，了解《圣经·出埃及记》，所以才能在别人出游以色列后发此感慨，写下这几首带序的五律。

咏怀诗也称抒情诗，自晋之阮籍《咏怀八十二首》后，是诗人们爱写的题材。老哈的咏怀诗却写得不是很多。《绝句·感怀五首》（其二）写道：“年少不知愁，壮怀好赋秋。江郎才未尽，鬓雪已迎头。”《离人怨》（其二）写道：“庭前一畦韭，犹似念人愁。割去新茬长，忧思又冒头。”愁与忧是古人常咏之题，这些诗是感叹岁月之流失，忧思之难剪，十分感人。

政治诗更难写，很容易口号化。老哈的政治诗虽然只有几首，但却令人拍案叫好。《闻某人被毒杀》（其三）曰：“八王宫里刀光乱，玄武门前箭似麻。七步成诗泣釜豆，可怜生在帝王家。”仅仅四句，却用了中国的四个典故：西晋八王之乱、唐初玄武门之变、汉末曹植吟诗、明季崇祯杀女，以此来写政治诡谲之变，兄弟阋墙之灾，很是深刻尖锐。

讽刺诗容易写，但难在把握分寸，容易失之偏颇。白居易在《与元九书》中说：“讽喻者，意激而言质。”老哈的讽刺诗既辛辣尖锐，又深刻得体，语言也质朴诚信。《永遇乐·读欧阳询书法有感》下阙说：“嗟乎世道，追名逐利，泛滥江湖技艺。捷径终南，投机怪丑，纸贵涂鸦体。可怜官场，挥洒题字，人走无情抹去。何不乐，修身养性，止于练笔？”赏读名家书法，联想官场涂鸦，嘲讽追名逐利，调侃人走茶凉，讽刺犀利，警策深刻，箭箭中的，语语道破，何等爽快，何等酣畅。老哈写诗有悟性，由欧阳询书法的俊朗飘逸，龙韵风姿，一下子联想到当今的一些丑陋书体，予以讥讽，确实切中了时弊。德国大哲学家康德在著名的《纯粹理性批判》一书中说：“悟性就是判断能力。”老哈写这首词就是一种悟性，就是一种判断，就是一种能力。在《致教师节》（其三）一诗中，作者写道：“迄今教授教还瘦，谁为师尊鸣不平！”矛头直指教育政策之缺失、教师地位之低下、教师生活之清贫，诗人愤然作色，要为师尊“鸣不平！”

此外，老哈还有十几首打油诗也别具风格。或幽默，或调侃，或讽刺，或自慰。《城市掠影·售楼处》写道：“一夜西风凋碧树，空楼惨对售楼处。门前罗雀应得知，抢购人头曾几度。”《沪上摊贩》（其四）写道：“冬季冷风吹四面，缩头吞袖守如猴。夏天遭遇连阴雨，撑伞的撑伞，接流的接流。”《观 61 班校友儿童节聚会照》（其一）写道：“脖缠红领巾，笑脸似霞云。最好朦胧看，不然尽皱纹。”这些诗词或直书“打油”，或书律诗“兼打油”，绝句“兼打油”，词牌名“兼打油”，或书“也打油”，或书“戏题”“戏致”“戏答”，变化多端，饶有兴味。有的虽然未书“打油”“戏作”之词，但就其内容而言，也属打油之列。如《清平乐·成都风情掠影》（其五）下阙写道：“红油串串锅汤，汗流浃背争尝。已为刺激陶醉，管它香也不香！”当然，这样的打油诗并没有多少讥讽之意，充其量是善意的调侃而已。

议论诗要得体准确，既不能无限上纲，又不能隔靴搔痒。你看老哈的《游上海鲁迅公园·鲁迅墓》：“如磐长夜星灯照，黄土一抔没草根。定论疑由棺盖下，犹惊毁誉到如今。”这首诗论及当前一股否定鲁迅的思潮，主张鲁迅的作品应从中小学语文教材中“大撤退”。议论切中了肯綮，击触了要害，批评一些人对鲁迅先生这位早成定论的大作家也不放过，以致毁誉不一，盖棺不定。一会儿正解，一会儿缪说，一会儿供养，一会儿扭曲，总是被政治的棋局措置在三叉路口。好在最新获悉，权威人士已否定了这一消息，说今年新教材中鲁迅的作品仍占一定比例。著名画家陈丹青写过一本书，叫《笑谈大先生》，说这位“大先生”是否定不了的，还得“笑谈”。2017 年 7 月《光明日报》调查说，当今大学生对鲁迅“依然怀有高度的敬意”，现当代文学大师前十名的排序是：鲁迅、巴金、老舍、沈从文、钱钟书、冰心、金庸、张爱玲、郭沫若、林语堂。几十年来传统的“鲁郭茅巴老曹”发生了较大变化，巴金由四升二，老舍由五升三，郭沫若落到了第九，茅盾、曹禺分别落到了第十一、十二位。所以，鲁迅还是鲁迅，既不能像过去那样，被厚厚的意识形态色彩所涂抹，并在他的背后插上许多军旗，捏造成一介武生；也不能重新误解鲁迅，谬说鲁迅，由显学变为绝学，由圣人变为恶鬼。鲁迅这份遗产不能被冷却，要“救救鲁迅”，“把鲁迅还给鲁迅”。（上述百余字有部分词语转述自《笑谈大先生》，不好一一注释。）总之，议论诗批评时政，反思历史，这要敢于表态，善于议论，这要有一种胆识，要有一种能力。

说起诗议论诗，极少有人写，而老哈的《学诗三题》却写出了他对格律诗的观点。格律诗即近体诗，是由古体诗发展而来的，由自由体或半自由体而演变成的格律诗讲究很多，四声平仄，合辙押韵，节奏对仗，修辞炼句十分繁琐，容易束缚手脚。所以，善写格律诗者也是众说纷纭，莫衷一是。老哈的观点是：“诗词言志吐心声，最喜涵深语句通。”“格严律谨轻松阅，咂嘴三嚼味尚浓。”他主张格律诗要讲究平仄合韵，顿挫抑扬，但反对诘屈拗口，唯求硬工。我赞成这个观点，格律诗不讲格律，必然平庸无奇，淡乎寡味；但过分讲究，又必然艰涩聱牙，大损诗意。尤其是用韵更要宽松，平水韵和现代韵不能太拘泥，否则无法下笔。一首诗词只要有意境、有美感、有诗眼，又基本符合规律，那就必然是一首好诗。

关于酬唱诗，这是诗人最喜欢最常写的内容之一。宋代的《西昆酬唱集》《坡门酬唱集》是古代酬唱诗之总集，流传久远。

老哈有四十多首酬唱诗，他把和老师、同学、朋友、亲人的情谊、心灵、美德、精神都交融到一起。或聚会唱和，或睹物思人，或朋友答谢，或亲人步韵，都能留下美好的诗篇。诚如英国思想家威廉·潘在《关于人类行为的深思和箴言》中说：“友谊是一种精神的联合，心灵的婚姻和美德的结盟。”从古代赵武过郑七子赋诗到竹林七贤、饮中八仙，从唐代李杜友谊、元白酬唱到陆唐和词，都是诗歌史上的佳话。老哈的《赠马文清兄》写道：“怀才耻觅侯，甘做赤松游。众里难寻迹，千呼始露头。沧桑浮眼过，世事鲠于喉。何不吐为快，群朋共唱酬。”马文清是我的学生，诗中以“赤松”张良比喻文清，虽欠准确，但也有道理。文清从小学习特优，又肯思考，他从不人云亦云，随声附和，他对世事很有见地，谈吐往往一语中的。至于庶人众议，各持己见，那也是情理之中事，不必见怪。此外像《答李生荣 <读苦吟集有感 >》《临江仙·答徐冲兄》《忆江南·深秋》《江城子·二月二十五日京城学友聚会谢答》《江城子·戏答徐冲兄》《江城子·和张泽 <清明祭夫卢占虎 >》等诗词，都是酬唱诗中的优秀篇什，值得一读。

关于纪游诗，更是老哈的长项。他读古今中外，走东西南北，八十多首纪游诗内容很广，诗意很浓。《承德十咏》《河套十咏》《沪上杂咏》《江西旅游行草》《青海旅游行草》《贵州旅游行草》《成都风情掠影》《燕赵风物颂》等等，写尽了祖国各地的风景名胜、历史遗迹、人物掌故、风土民俗。杂咏也罢，行草也罢，掠影也罢，诗颂也罢，读之都令人赏心悦目，眼界大开。特别是《故乡白洋淀散记》一组八首诗是作者情系家乡、故地重游的即兴之作。《芦荡》《嘎子村》《雁翎队》《渔户》几首，既有对历史的回顾，又有对现实的关注；既有对家乡的眷恋，又有对世俗的嘲讽。《芦荡》吟道："水绕缠绵蒲苇稠，心闲独爱鸟鸣啾。吱呀摇棹忽停响，一任烟波自荡舟。"短短四句诗把白洋淀茂密的苇荡，啁啾的水鸟，摇橹的棹声，闲适的渔民写得淋漓尽致，美不胜收。"一任烟波自荡舟"一句是诗眼。令人产生遐想，品味无穷。唐·韦庄写有五首《菩萨蛮》，其五开头二句是："洛阳城里春光好，洛阳才子他乡老。"老哈是河北白洋淀人，却在他乡老了。他情系故土，怎能不歌咏之，赞颂之。

关于悼亡诗，这是自古至今永恒的主题。它原指悼念亡妻的专门诗篇，后来泛指其他亡者。晋之潘岳，宋之苏轼、陆游的悼亡诗词是中国诗歌史中的精品。潘岳有三首悼亡诗，第一首传颂千古，其中第二段写道："望庐思其人，入室想其历。帏屏无髣髴，翰墨有途迹。流芳未及歇，遗挂犹在壁，怅恍如或在，回惶忡惊惕。"怀念妻子，睹物思人，仿佛佳人与书画并存。苏轼的《江城子·乙卯正月二十日夜记梦》是出名的悼亡词，"十年生死两茫茫，不思量，自难忘，千里孤坟，无处话凄凉。"苏轼在密州写的这首悼念妻子王弗的词字字泣血，句句哭诉，读之令人感叹唏嘘，铭记不忘。陆游的一首悼亡词和七首悼亡诗更是"古今断肠之作"："林亭感旧空回首，泉路凭谁说断肠”（68 岁时作），“伤心桥下春波绿，曾是惊鸿照影来”，“梦断香消四十年，沈园柳老不吹绵”（75 岁时作），“路近城南已怕行，沈家园里更伤情”（81 岁时作）。难怪近代诗论家陈衍评曰:“无此绝等伤心之事,亦无此绝等伤心之诗。”一位八旬老人在前妻亡故五十年后仍然在执著地追思一帘爱情之幽梦,真可以感天地、泣鬼神。为此,绍兴沈园,陆翁唐氏,“红酥手，黄滕酒”等词句成了忠贞爱情的符号，人们不愿意有此等事，却愿意欣赏此等诗。老哈的十余首悼亡诗以《念奴娇 · 网晒亡友卢占虎、赵永山照片有感》最为感人。兹录下阙几句：“意气书生，抛生死，修得盲从蛮干。一阵狂飙，泥同沙俱下，理真难辨。冤魂屈鬼，唯凭亲友常念。”仅仅几句写出了风云多变的历史，总结了书生意气的结局，寄托了同学亲人的怀念，可谓是他的悼亡诗的佳作。此外，像《浪淘沙 · 沉痛悼念刘贤老师》等也不失为上乘之作。

老哈的诗词不仅题材广泛，而且体裁多变。他的诗有四言、五言、七言之分；他的诗体有律诗、绝句、排律、古风之别；他运用的词牌近二十种，既有小令、又有长调，尤其以“江城子”“捣练子”“临江仙”“永遇乐”居多。四言诗如《读杜建和古风 < 知青五十年祭 > 有感》《读散人诗》等，五、七言律绝占绝大多数，值得一提的是排律和古风。《奋中网友文才赞》凡 16 句，是律诗中的长律，长律一般是五言，也有七言的。长律要求除首尾联外，其他都得对仗，所以也叫排律。这首排律赞扬了徐冲、汪支平、许玉昌、李永生、邵惠荣等学友的文才，说他们有“诗鬼句”“少陵篇”，说他们“格律严”“咏善言”，说他们“夕阳依旧满霞天”。一首拟古风《读散人诗》凡十二句，写得轻松幽默，赞扬“散人为诗，颇具文才，以心吟句，娓娓道来……欣然命笔，游目骋怀”。古风即古体诗，也称“古诗”，是对近体诗而言的，有四言、五言、七言、杂言多种，不要求对仗，平仄和用韵也较为自由。李白有《古风》五十七首，是五言。而老哈用的是四言，由于是模仿，所以用了个“拟”字。老哈的长短句有八十余首。他熟练地用“江城子”词牌歌咏同学聚会，戏答学兄徐冲，题写高考，词和张泽；他熟练地用人们较少用的词牌“捣练子”书写同学情谊，赠送海南候鸟族；他用八十字以上的长调词牌“永遇乐”“念奴娇”“水龙吟”“水调歌头”“沁园春”题赠老师，答谢同学，咏叹春节，感怀鸡年，寄意情人节，畅想中秋节。总之，老哈的词牌运用灵活，内容丰富，说明他依声之学很到位。我粗略地统计了一下，七十多首词我圈阅肯定的竟占一半。当然，诗词用字多少不是主要的，长有长的优点，短有短的好处，关键看内容，看诗意，看语言。诚如明人瞿佑在《归田诗话》中所说的：“白乐天《长恨歌》凡一百二十句，读者不厌其长；元稹《行宫》四句，读者不觉其短。文章之妙也。”你看，《长恨歌》仅开头两句和结尾四句就达 42 个字，而《行宫》全诗仅 20 个字：“寥落古行宫，宫花寂寞红。白头宫女在，闲坐说玄宗。”老哈的长调《沁园春》114 字，短诗《戏题校友早年玉照》仅16字，一样精彩纷呈，给人印象很深。人们常说，古体诗难学而易工，老哈熟练地掌握了古体诗的章法，篇必有法，语必有源，如临风玉树，言必粲然。这里重要的是一个“情”字，白居易在《白氏长庆集·进士策问五道》中说：“大凡人之感于事，则必动于情，发于叹，兴于咏，而后形于歌诗焉。”王国维在《人间词话》中也说：“一切景语，皆情语也。”所以，只有所见者真，所知者深，写景才能豁人耳目，言情才能沁人心脾。写古典诗词，既要遵循套路，又要不拘一格，见由己出，思从底抽，所谓“独抒己见，信口而言，寄口于腕。”（袁宏道《叙梅子马王程稿》）当然，创作要含英咀华，吐故纳新，如“蚕食桑而所吐者丝也，非桑也；蜂采花而所酿者蜜也，非花也。”（袁枚《随园诗话》）

诗人写诗，风格是多变的，因为生活是多彩的，诗人是多面的，歌诗是多元的。前面提到的老哈那两首《戏题校友早年玉照》，其一云：“玉指纤纤，粉面嫣嫣，金莲款款，弱柳姗姗”；其二云：“玉立婷婷，美目澄澄，颦眉蹙蹙，巧笑溶溶。”这两首四言诗连用八个叠词，写得很奇特，甚至不惜陈言不除，旧词新用。这是老哈整肃端庄诗风的另一面。这种写法正像崔颢的《黄鹤楼》诗和王国维的《蝶恋花》词。崔颢的七律《黄鹤楼》开头四句是“昔人已乘黄鹤去，此地空余黄鹤楼。黄鹤一去不复返，白云千载空悠悠。”四句连用三个“黄鹤”，“空悠悠”三字又都是平声字，三四句也不对仗，这都是有违常规的。

这是故意拗律？也不一定，恐怕就是以立意为要，而不以词害义。但这并不影响它成为千古名诗，所以连李白也脱口赞曰：“一拳捣碎黄鹤楼，一脚踢翻鹦鹉洲。眼前有景道不得，崔颢题诗在上头。”王国维的一首《蝶恋花》写道：“几度寻春春不遇，不见春来，那识春归处……”一连用了六个“春”字，以示寻春之迫切，人生之无端。所以《孟子·尽心下》曰：“能与人规矩，不能使人巧”。“巧”就是灵活性，有时不按规矩行事，也能写出好诗好词。

关于诗风，我还想多说几句。诗风之多变，就像中国绘画有工笔与写意之分，就像西洋音乐有交响乐与小夜曲之别，就像中国戏有生旦净末丑一样，就像中国书法有篆隶楷行草一样，就像西方有《唐璜幻想曲》《意大利随想曲》《匈牙利狂想曲》一样，这才是生活的真实，这才是诗人的真实。吴为山的写意雕塑过去是没有的，而他的作品一出现就轰动了世界，他的代表作《孔子》和《问道》被誉为是“叩问天意，裹卷人生。”（余秋雨语）唐代两大诗派之一是田园诗派，也称“王孟诗派”。大家熟悉孟浩然的《春晓》（“春眠不觉晓，处处闻啼鸟”），熟悉他的《过故人庄》（“绿树村边合，青山郭外斜”），但是并不熟悉他还有一首描写女郎的憨诗《春情》：“青楼晓日珠帘映，红粉春妆宝镜催。已厌交情怜枕席，相将游戏绕池台。坐时衣带萦纤草，行即裙裾扫落梅。更道明朝不当作，相期共斗管弦来。”首联写少妇眠起妆成，颔联写她憨情下楼，颈联写她偕夫游览，尾联写她预约明朝玩弄音乐。这首七律一反诗人的田园风格，描写了一个少妇一天的行事，刻画了一个活泼憨态的女子形象，确属另类。著名评论家金圣叹对这首诗有独到的分析，他说写女郎美是俗笔，写女郎淫是恶笔，只有写女郎憨，才是妙笔。他又说：“只是世上容有如此女郎，先生学道人，胸中何故有如此笔墨？”意即一个学道之人，怎么会对年轻少妇的生活和心理有如此浓厚的兴趣和温情的描述。你说他是清高隐士，还是邻家老伯，还是诗坛才子？恐怕是兼而有之吧！同样，宋代有两大词派，一是豪放派，一是婉约派。豪放派的代表词人苏东坡有著名的《念奴娇·赤壁怀古》（“大江东去，浪淘尽，千古风流人物”），有著名的《江城子·密州出猎》（“老夫聊发少年狂，左牵黄，右擎苍，锦帽貂裘，千骑卷平冈”），但他也有十分婉约的《江城子·乙卯正月二十日夜记梦》（见前引）。更有趣的是这两首风格迥异的《江城子》都写于密州，二词同样流传千古。婉约派的代表词人李清照有著名的《如梦令》（“昨夜雨疏风骤”），有著名的《醉花阴》（“东篱把酒黄昏后”）但也有十分豪放的《夏日绝句》：“生当作人杰，死亦为鬼雄。至今思项羽，不肯过江东。”这首怀古诗洗尽了女儿的铅华，完全是男儿的慷慨之音，二词一诗的反差是如此之大，真是令人十分惊讶。

欣赏诗词之风格是如此，欣赏歌曲也是如此，因为歌词本身就是诗。几十年前一位著名的女高音歌唱家演唱李鉴尧作词的《马儿啊，你慢些走》，唱红了大江南北。她唱得宏亮慷慨，激越昂扬，充满了豪迈之气。几十年后又有一位女中音歌唱家演唱这支歌，她唱得缓慢抒情，轻盈飘逸，充满了柔情蜜意，很觉诧异。继而仔细欣赏歌词，才觉得前者唱得“跑偏了”，后者才演绎得精确，唱出了原汁原味。因为这是一首写景抒情歌曲，歌词写道：“我要把这迷人的景色看个够……没见过青山滴翠美如画，没见过人在画中闹丰收，没见过绿草茵茵如丝毯，没见过绿丝毯上跑马牛，没见过万绿丛中有新村，没见过槟榔树下有竹楼……”一个人骑马行进在南国一条幽静的小道上，被迷人的景色所吸引，留连观景，就像行走在山阴道上，就像游览在漓江两岸，让你应接不暇，让你驻足观赏，所以只能唱得开怀抒情，细腻甜美，而不应该唱得震撼山林，鸟惊叶飞。可见，不体会歌词意境，不琢磨歌词的风格，再好的歌喉也不能准确地反映歌词的内容。

还有一个问题需要提及，这就是诗词的用典使事。用典使事包括引述古事和化用旧词二途。前者称事典，也称典故，后者称语典，通称典故。运用典故的目的一是求深曲，二是求典雅。颜子推在《颜氏家训·文章》中说：“一事惬当，一句精彩，神厉九霄，志凌千载，自吟自赏，不觉更有旁人。”这里的“事”就是指用典使事。可见用典之乐趣，写作之得意。老哈在二十多首诗词中用典使事，如《燕赵风物颂》（其二）连用五典：炎黄中原逐鹿、赵武灵王胡服骑射、廉颇蔺相如将相和、荆轲刺秦王、刘关张桃园结义；《草原聚会颂》连用两典：祖逖闻鸡起舞、王猛扪虱谈经；《贵州旅游行草》（其一）连用黔驴技穷、夜郎自大两典；《永遇乐·情人节感怀》连用卓文君当垆、孟光齐眉举案两典。其他还有很多，不一一例举。用典重要的是要“准”“巧”，只要准而巧，就不怕多。李商隐的《锦瑟》诗二、三两联和苏东坡的《赠王子直秀才》都是连用四典，而王国维的《摸鱼儿·秋柳》竟然连用六典，这些都是化俗为雅，化浅为深，由直变曲，耐人咀嚼；这些都是如盐著水，点铁成金，如山巍巍，如水泱泱。绝不会有獭祭鱼之嫌，也不会有掉书袋之讽。

俗语云：“看花容易护花难”，我们欣赏老哈的诗词容易，爱护它、栽培它、扶植它，却需要下些功夫。唐代诗人张若虚的诗仅存二首，其中的《春江花月夜》有“以孤篇压倒全唐诗”之美誉。但这首诗起初却不受人重视，至明末才被收录评介，至清代才成为诗中经典。可见一首佳作需要有知音的读者阅读，需要有知音的评者推荐，需要有知音的编者传播，三者合在一起，才能使诗人诗作传之弥远，响之弥久。台湾著名诗人余光中在《分水岭上》有一段妙喻：“读者读诗，犹如初恋；学者读诗，犹如选美；诗人读诗，犹如择妻。”这三个奇喻真是妙语连珠，难与君说。我们不妨来个三合一，既是“初恋”，又是“选美”，最后是“择妻”，这就了却了心愿。

漫长的诗序结束了，末尾说几句老哈的书法。我不擅书法，却乐于欣赏。他的书法作品写得飘逸潇洒，流便放纵，既博采众长，又自出机杼，深得行书章法，很有大家风范。唐之王维有“诗中有画，画中有诗”之誉，明之徐渭有“书中有画，画中有书”之赞。徐渭诗曰：“莫把丹青等闲看，无声诗里颂千秋。”我们也可以这样说，老哈的书法作品是书中有诗，诗中有书；莫把书法等闲看，无声书中有诗情。

我在《苦吟集》序言的结尾曾写了一首七绝：“操觚弄翰五十年，着意集裘二百篇。满眼珠玑诗不瘦，心知格律叹无弦。”《闲唱集》的序言洋洋万言，快要收尾了，还想赋诗一首：

人生自古太艰辛，有意闲题苦唱吟。
休管世间多冷眼，诗词一吐快哉心。

（“苦唱吟”指《苦吟集》和《闲唱集》）

前一首有点雅，这一首有点俗，合之，姑且算做雅俗共赏吧！

潘　涌

2017 年 9 月 23 日

人生自古太艱辛
有意開懸苦唱吟
休管世間多冷眼
詩詞一味快哉心

书潘老师诗 老哈

目录

1. 四言、五言

2. 七言

3. 词、联

4. 诗友读后感

5. 后　记 … 201

四言、五言

悠悠古風大義播
聲慷慨悲歌直抒
臆胸磅礡歲月苦
難人生砥礪志節
玉汝于成
光怡筆書

读杜建和古风《知青五十年祭》有感

悠悠古风，大义稀声。
慷慨悲歌，直抒臆胸。
蹉跎岁月，苦难人生。
砥砺志节，玉汝于成。

2015年6月20日

读散人诗

散人为诗，颇具文才。
以心吟句，娓娓道来。
讲究格律，注重铺排。
文辞练达，无涩无乖。
欣然命笔，游目骋怀。
哈哈一笑，不算高抬。

2017年4月23日

牛首太雕雅集有感

牛首花雕，雅集风骚。
不啻兰亭，无愧乡曹。
老来有幸，诗酒逍遥。
人生如此，乐也陶陶。

2017年9月11日

戏题校友早年玉照

一

玉指纤纤，粉面嫣嫣，
金莲款款，弱柳姗姗。

二

玉立婷婷，美目澄澄。
颦眉蹙蹙，巧笑溶溶。

2016年7月12日

和李景亮《年华》

昨日发诗好，今朝又细读。
文风有韵味，格律更娴熟。
意蕴追云邈，词章避梗俗。
呕心吟半载，吾辈愧难如。

2013年2月2日

附：李景亮赠诗《年华》

岁月若流霞，眉头皱早察。
沧桑盈咫尺，稚气没天涯。
大道当参悟，功名莫治辖。
尘封心底事，冷眼看浮华。

2013年12月1日

答李生荣《读<苦吟集>有感》

一

苦吟在重情，无复表达中。
五味如尝遍，凭栏涕泗成。

二

苦吟在继承，传统制约中。
常恐行家笑，“律”“绝”胡冠名。

三

苦吟在水平，造诣欠深功。
唯有推敲够，方能补涩生。

2014年12月26日

中秋乘游轮韩国行

一、中秋出海

中秋不见月，海上起狂风。
浪卷千山滚，云飞万壑拥。
乾坤唯暗色，天地只狭空。
思绪凭舷滞，无由想桂宫。

二、济州岛城山头

突兀卷高岩，屏遮半壁天。
龙蟠东海隅，虎踞北庭关。
远古岩浆冷，由来墨铁坚。
原非真堡垒，何故命城山？

三、济州岛

海客谈仙境，烟波缈济州。
奇花开胜境，古木掩荒丘。
蛙女潜深水，渔民驾大舟。
淳风犹可窥，更在馆藏收。

四、青瓦台京福宫

风剥楼色暗，日照瓦台明。
草浸残阶绿，花开断壁红。
妃闻察靓女，倭迹认焦踪。
屈作青颜色，争当四小龙。
2015年10月2日

注：1. 明代宫廷多从朝鲜选妃，此有史载和传闻。2. 日本在历史上曾多次侵略过朝鲜。近代的侵略中，曾将朝鲜的王宫付之一炬。3. 古代朝鲜曾为中国的藩属国，王宫建筑砖瓦只能用青色。

中秋感怀（五首）

一

绵绵身后事，缈缈似云烟。
苦辣酸甜味，犹能忆旧年。

二

年少不知愁，壮怀好赋秋。
江郎才未尽，鬓雪已迎头。

三

曾怜抱柱信，又羡海石盟。
冷暖观道义，鸿毛一似轻。

四

疾风拔弱草，暴雨打浮萍。
天道无常态，怡然看彩虹。

五

繁华世事在，酒绿映灯红。
知否随流水，飞花总断情。
2016年8月12日

离人怨

一

门前一渠水，多少离人泪。
流淌到黄河，犹尝咸苦味。

二

庭前一畦韭，犹似念人愁。
割去新茬长，忧思又冒头。

三

房边一棵树，每有离人伫。
长大比腰粗，深留摩指处。

2016年9月1日

五月二十一日京城校友聚会谢答

一

五月花如锦，京城少雾霾。
邀朋欢聚首，会友乐开怀。
意满金樽酒，情溶歌舞台。
劳飞隔半世，犹似梦中来。

二

京城人似海，故地俊才多。
砥砺追薪胆，志节鄙玉珂。
传媒惊骇浪，入仕蔑狂波。
谈笑风云散，沧桑只一酌。
2016年5月20日

赠马文清兄

怀才耻觅侯，甘做赤松游。
众里难寻迹，千呼始露头。
沧桑浮过眼，世事鲠于喉。
何不吐为快，群朋共唱酬！

注：汉张良隐居，曾自号“赤松子”。

江西旅游行草

一、景德镇古瓷

高岭藏瓷土，掘来捏作瓶。
精心施彩釉，烈火化精灵。
百旨催不断，千窑炼始成。
可怜工匠血，点点印花红。

二、婺源李坑

秋尽散余温，斜阳照古村。
临坑宅似蚁，夹水铺如林。
官邸颓唐旧，商门焕然新。
廊桥留轶事，“理”“李”耐思寻。

注：据传，此地李家原为尧舜时的主管大臣大理卿，后因战乱迁居于此，改为李姓。

三、婺源江湾

粉壁连篇静，乌檐翘角飞。
江湾明似镜，山脊翠成堆。
庠序尊师重，名人耀榜辉。
钟灵毓秀地，岂以野村非！

四、三清山

三清天下幽，万壑眼难收。
云海浮星岛，烟岚乱瀑湫。
观门寻迹缈，栈道唱声悠。
澄澈空灵地，风光正在秋。

五、龙虎山天师府

道教起衰微，天师安可追。
高门标奥理，幽院悟真髓。
买字千金贱，留碑百世微。
唯崇天地法，今世应宣推。
2015年9月12日

注：1. 天师府正门楹联为明代大书法家董其昌所书。据传，当初求字时，出银两千两不写，后出到五千方应。2. 府院中一碑为元代大书法家赵孟頫所书，现字迹已模糊。3. 天地法即自然法，道教所崇。

见徐冲兄微信邀诸学友赴京参加牛头宴且闻姚彪学兄等拟行

闻道牛头宴，香飘满帝京。
邀声微信上，知味友舌中。
怀旧伤杯酒，激情忘斗升。
托言兄此去，一醉报徐公。
2016年3月1日

钓鱼谣

一

闻道南池好，水丰多养鱼。
呼朋兼引类，徒步或驱车。
食饵干鲜备，鈎杆长短齐。
黎明不待起，戴月沐星归。

二

方塘连鉴开，环绕尽蒿莱。
杆翅云中架，浮漂浪里栽。
心闲无事扰，意惬有鸥来。
野老多俗趣，不输严陵台。

三

气定且神闲，何须望眼穿。
浮漂待沉水，手臂即扬杆。
自信贪心客，不辞钓饵餐。
纵然空篓袋，依旧乐颠颠！

2016年3月20日

答常仲相

高诗出仲相，偶而露峥嵘。
慷慨激昂語，振聋发聩声。
心忧家国重，眼辩是非明。
端午逢酬唱，清于雏凤鸣。
2016年6月16日

题孟力小菜园照

家住二环南，屋前小菜园。
苗铺三尺地，叶挂九排竿。
景色怡人绿，盘餐享味鲜。
一壶闲乐酒，自可赛神仙。
2016年6月8日

访呼市金河镇东黑炭板村

一

村名黑炭板，蒙语汉文翻。
接壤兴和县，辖区镇把边。

西连土默特，北望大青山。
自古风吹草，由来马著鞭。
蒙民十二户，土舍两三间。
清末年荒遇，山西口外迁。
租田停辗转，落户得繁衍。
族谱多相近：忻州老醋湾。

二

世代务农耕，家传德义风。
勤劳日夜苦，节俭点滴精。
孝悌多亲密，诚实少诈懵。
三农得扶助，五彩又纷呈：
马路条条筑，砖房座座兴。
龙头喷净水，电视演全能。
情暖医疗站，心舒养老翁。
书声唱琅琅，机器响隆隆。
农事各家紧，庄稼遍地丰。
村中无炭卖，煤气也将通。

2016年6月10日

观杨宏苍抖空竹、演奏葫芦丝视频，并拜读其词赋有感

河曲多俊逸，后套露峥嵘。
庠序高足众，亲朋蜜意浓。
闲来空竹哨，忙去满芦声。
诗赋藏头诵，篇篇自有情。

2016年6月23日

再悼刘贤老师

一

天公应布愁，多事未及秋。
暴雨方盆倾，恩师又鹤游。
蝉声烦肺噪，暑气闷胸沤。
欲走无聊笔，哀思又上头。

二

先生有特别，睿智且诙谐。
闪电才思迅，擂人戏语绝。
谆谆扶弱教，慨慨济贫学。
弟子三千众，哀声满路街。

2016年7月11日

青海旅游行草

一、黄南即景

青海长云暗，天风一扫空。
山头无雪皑，眼底满葱茏。
寺庙悬金顶，牛羊洒碧峰。
时闻法号响，香绕诵经声。

注：黄南为青海省所属一州，顾名思义，即黄河以南。

二、坎布拉（一）

神奇坎布拉，生就是缘家。
圣水滋弘后，灵山诞宗喀。
连峰藏广寺，接踵拜康巴。
像造佛身巨，不惜重金花。

注：1. 公元 9 世纪中后期，藏传佛教后弘期在这里发祥，坎布拉成了藏传佛教复兴发祥之地。2. 坎布拉是藏传佛教格鲁派创始人宗喀巴诞生地。3. 坎布拉藏语意为“康巴人的家园”。

三、坎布拉（二）

天然坎布拉，风景有绝佳。
淌翠黄河水，流丹赤壁峡。
千峰耸异态，百草绽奇葩。
树掩松屋处，怡然是藏家。

四、坎布拉（三）

纯情坎布拉，莫道海高拔。
日暖风常顺，人和质不华。
味浓青稞酒，心净白哈达。
一曲锅庄舞，“活佛”也到家。

注：坎布拉景区一位藏族接待官员，据说曾是当地活佛候选人之一，锅庄舞姿非常优美。

五、塔尔寺

殿宇建重重，依山向斗冲。
香烟迷雾绕，佛像普光生。
膜拜凭虔信，匍匐赖赤诚。
欲知塔尔寺，四大宜皆空。

六、青海湖

茫茫愁大漠，浩淼见湖踪。
水荡天开眼，浪翻龙隐宫。
湟鱼咸苦壮，鸟类寂荒兴。
生态无灾难，佛光独有钟。

2016年8月2日

观奋斗中学61班校友六一儿童节聚会照（打油）

一

脖缠红领巾，笑脸似霞云。
最好朦胧看，不然尽皱纹。

二

人老心难老，童颜欲返身。
酩酊一股脑，梦想即成真。

2016年8月4日

贵州旅游行草（续）

织金洞

一

雾锁织金洞，烟云卷半空。
山头飞絮帽，瀑布泻岚峰。
金桂逢花季，幽香沁肺胸。
欲寻农家乐，绝壁唤樵翁。

二

藤锁织金洞，鸡声始启封。
神奇冰世界，梦幻水晶宫。
百态千姿处，点滴亿代功。
嗟夫石乳液，谁似尔专情！

注：织金洞位于黔西南。洞口原长满藤条蓬草，无人知晓。据传，1980 年，当地人一只鸡偶尔从缝隙飞进，掉入幽深洞里，方被发现。故当时曾称此洞为“打鸡洞”。后为文雅，遂以织金县名命之。

四川旅游行草

一、车走川西

川西山万重，联袂耸云峰。
盘路如飘带，辎车似蠕虫。
千流奔汹涌，万绿簇繁荣。
泸定桥头上，高扬旗帜红。

二、康定城

重山蔽日幽，云雾绕峰头。
古道思茶马，新城梦蜃楼。
和谐人恬静，激荡水奔流。
壁上辉唐卡，情歌醉九州。

三、木格措

雪岭朝佛处，白云是故乡。
千姿摇树影，七彩泛湖光。
涧水鸣惊鼓，浪花滚沸汤。
溜溜山跑马，更有好情商。

2016年9月15日于成都

注：《康定情歌》中的跑马山即在木格措。

四、燕子沟

（一）

寻奇燕子沟，泸定大山游。
雾里盘旋路，云中天尽头。
激流鸣涧底，绝壁叫猿猴。
坡陡千弯下，沙坪几卧牛。

（二）

天生燕子沟，鸟噪密林幽。
古木参天际，疯藤乱岗丘。
石头红似火，苔藓绿如油。
空气无污染，瓶装洗肺留。

注：1. 川西深山因污染小，空气质量颇佳。一种菌类寄生于石头上，形成红色。若离开此地，置于空气质量较差的地方，寄生菌类即会死亡，石头上的红色随即消失。故当地人称此石为有生命的石头。2. 据称，燕子沟空气清新，负离子成分极高，用瓶子装入密封拿回去，有胸闷气促等症状，吸入后立时见效。

五、磨西古镇

新楼望旧楼，石径自通幽。
茶马消声远，景区旅客稠。
教堂存伟迹，会议定宏谋。
尽向冰川涌，寥寥此处游。
2016年9月7日

注：1. 磨西曾是茶马古道重镇。2. 红军长征途中，毛主席曾在磨西天主教堂驻地召开会议，决定了夺取泸定桥和北上抗日等重要事项。

有感怀强老弟海南度假赋诗

北国凌冬日，南疆入夏时。
炎凉随地变，冷暖有心知。
海浪拍身醉，洋风拂面痴。
一朝成候鸟，便赋忘情诗。
2016年11月24日

海泥指身醉
洋风拂面痴

王老洽书

观上海三学友小酌照

沪上一壶酒，醇香溢四方。
销魂须痛饮，惬意待闲尝。
潇洒郎儿醉，风流夫子狂。
独酌心易苦，最好“四人帮”。
2017年1月20日

春节杂感

一、春运

岁律又年关，国人大运迁。
天飞钱恨少，车走票求难。
十万摩托汇，一家妇孺栓。
更怜值乘女，念子泪偷潸。

注：网传，十万大军驾摩托回家过年，有的驾车男人将自己和老婆孩子捆于一起，以防颠落，情景令人惊叹！又，电视播，女列车员春节值乘，父母抱孩子与之站台见面，只3分钟时间。

二、年夜饭

团圆今夜饭，千里聚全席。
雨雪风霜就，酸甜苦辣齐。
儿孙杯满举，娘老泪悄滴。
特备一宗菜，年年必有鱼。

三、春晚

守岁观春晚，年年奉大餐。
甜声歌美好，醉步舞平安。
笑里尝甘苦，欢中品佞贤。
耕耘团聚夜，散场影只单。

四、拜年

微信连天下，手机拜大年。
鱼书传梦逝，电话摆厅闲。
敲字发温语，视频送热颜。
哀哉高科技，谁与我亲缘？

五、鞭炮

形微脾气大，点火即呈威。
助醉驱虚鬼，寻欢响炸雷。
惊天动地去，碎骨粉身赔。
一片霾烟散，街头满纸灰。

2017年2月1日

今日立春

日历翻新页，今天是立春。
窗前犹瘦雪，院里尚枯林。
风转闻湿气，阳升觉亮阴。
寒冬难永驻，布谷待遥闻。
2017年2月3日

欢迎高抗美入群

抗美当年美，含苞待放中。
纯真多稚气，泼辣有男风。
一嫁三千里，相思十万重。
群中亲友会，宜解望乡情。
2017年2月4日

再答常仲相

仲相居云贵，心怀天下情。
激昂抨腐败，慷慨论衰兴。
报国召同赴，复仇嘱远行。
由衷钦赤胆，我竟少才能。
2016年9月26日

读汪支平诗词有感

行吟扬意气，随感发幽思。
韵美空濛卷，词妍烂漫枝。
临风吟家国，把酒唱乡梓。
流水行云处，英华待咀之。
2017年1月16日

注：行吟、随感分指汪支平诗集《行吟集》和《随感集》。

车过张家口

要塞张家口，雄关大境门。
烽烟连朔漠，茶马望胡尘。
古道埋荒草，新楼列阵云。
山前车似水，多是赴京人。
2017年2月26日

火车丰沙线途中

古道无踪迹，新途百洞中。
骑飞三日至，电掣两时通。
永定河追月，燕山岭闪星。
又闻高铁建，一箭射呼京。

2017年2月26日

注：铁路北京至张家口段的丰沙线（丰台至沙城），沿永定河岸修建，一路60多个山洞。火车不停进出，两个多小时通过，手机信号时断时续。据载，清朝时规定，官员从现呼和浩特市进京，骑马须走15天。若走原路，沙城至京也许要三四天。“呼京”即呼市、北京。

青城第五场大雪

西方滚玉龙，连日到青城。
雪落三千里，天回一季程。
银装藏早绿，素裹掩初红。
蕴酿春功满，迟来更有情。

2017年3月25日

春日登崇明岛

一

万里长江水，奔腾至此闲。
泥沙淤陆地，沧海变桑田。
玉岛江心卧，明珠龙口含。
何如精卫恨，无尽点滴衔。

二

春日到崇明，桃园世外逢。
平畴无广厦，精舍尽低层。
密树遮村绿，繁花傍路红。
时闻犬吠处，田叟仗犁耕。

2017年4月10日

注：崇明岛为长江入海口一大岛，应由长江携泥沙冲积而成。该岛置一县，原属上海市，现改为上海市的崇明区。上海市视此岛为自己的后花园，规定不许建高楼大厦和工厂。岛上百里平畴，尽为二三层小楼，阡陌纵横，绿树成荫，繁华似锦，空气清新，亦为休闲度假之胜地。

有感海南候鸟族（仄韵和徐冲兄）

烂柯一瞬间，时代不同了。
昔日北谪仙，如今南候鸟。
阴山五指陪，黄水万泉舀。
常谓有钱人，无根四季草。
2017 年 4 月 8 日

赞李战哲长跑

一

跑似离弦箭，奔如掠影风。
心头扬意气，足下练奇功。
梦幻飞毛腿，萦思赤兔骢。
神行疑太保，更喜马拉松。

二

三冬冰与雪，三夏雨和风。
奔跑无间断，坚持未放松。
鬓霜争魁首，花甲耀群星。
人老心难老，追求不落空。
2017 年 4 月 17 日

见奋中师生今日陕坝聚会照

风光春月好，桃李竞芬芳。
劳燕识深巷，飞鸿恋旧乡。
师尊胸臆广，弟子友情长。
半世重相聚，浑然忆大荒。

2017年4月23日

又见众学友赴东升庙
看望王建忠乔爱珍夫妇照有感

一

东山结草庐，桃李百千株。
日落呼鸡犬，晨兴舞铲锄。
烹茶花树茂，煮酒栅篱疏。
更有乔珍爱，绝尘忘世俗。

二

宦海卷飘萍，人生却有情。
同窗结契友，群雁念孤鸿。
把酒桑麻话，欢言山野翁。
往昔疑似梦，聚散又如风。

2017年4月24日

闻许玉昌、罗秀花夫妇赴以色列旅游有感

序：余尝读史，对以色列略知一二，且一向钦佩犹太民族，慨叹该国国运。今闻玉昌夫妇赴此地一游，自是感慨良多。

一

西游以色列，近岁几无闻。
国土区区地，国人小小群。
文明呈异彩，科技领先军。
大美藏荒漠，幽兰隐谷深。

二

尝闻以色列，悲壮引长吟。
救难摩西志，称雄大卫魂。
高墙哭丧国，圣教幸联群。
血火经千载，无疆却有根。

三

教育传家久，经商老幼勤。
名人涌似水，富户遍如林。

马克思资本，基辛格政民。
难能可贵处，患难知感恩。
2017年4月26日

注：1. 以色列原为希伯莱人即犹太人部落名，来源于以色列神。《圣经》中说，雅各是犹太人的第三代祖先，因与天神角力取胜，神赐名“以色列”，意为“神的战士”，或“与神比武”。他的后裔便自称为“以色列人”，“以色列”国名也由此产生。2. 古时，犹太民族流落埃及，受尽屈辱和苦难。后由圣人摩西带领出埃及，过红海，回到故地。见《圣经·旧约》“出埃及记”。3. 大卫为古以色列国王，威武英俊，又多才多艺，建功立业，致国势强盛，为后人所称颂。4. 哭墙为古以色列遗迹，现存于耶路撒冷。大卫王时始建，后几经巴比伦、波斯、罗马灭国损毁，直至古罗马占领时期，方允许犹太人至此祭拜。犹太人痛于丧国，定期于此墙下聚集悲哭，号为“哭墙”。5. 马克思和基辛格均为犹太人。此处基辛格的“格”，亦拟为动词，或可理解为“探究、匡正”之意，如“格物致知”。

寓居江南又逢端午

端午千秋节，江南遗梦长。
龙舟祈壮烈，米粽祭忠良。
患难多悲慨，复兴齐奋强。
雄黄头上抹，童稚也称王。

端午沪上外滩所见

端午浦江边，茫然望外滩。
楼光云里晃，水色眼前旋。
渺小人如蚁，恢宏景胜天。
龙舟无竞渡，叫卖粽子甜。

2017 年 5 月 30 日（端午）

沪上梅雨

未谋梅子面，梅雨已悄来。
淅沥闻悲泪，缠绵觉郁怀。
晶珠滴美目，玉露挂香腮。
莫怨隔云雾，高楼只两排。

2017 年 6 月 22 日

赠砚田耕人

农哥耕砚田，呕沥几多年。
笔冢哭张旭，功名慰柳颜。
虚心严法度，笃意效前贤。
不走终南径，徒招丑怪嫌。
2017年8月5日

注："农哥""砚田耕人"均为书友侍继农网名。

立秋感怀

辛苦撑一夏，立秋今日来。
丝丝凉意沁，滚滚热风衰。
把酒浇烦腑，吟诗吐郁怀。
无由嫌暑气，天地总轮回。
2017年8月7日

观杨宏苍拍摄昙花一现视频

孕育几多年，花开一瞬间。
精华天地赋，灵气匠心添。
不为争荣誉，甘当闪耀斑。
何怜存世短，遗韵正无边。
2017年8月20日

读“塞北的雪”《问月》

逢老情思重，弄文感慨多。
樽前伤寂寞，月下叹蹉跎。
世态风云变，人生砥砺磨。
吟哦心血注，诗句品高格。
2017年9月9日

中秋望月

中秋何处觅，万众仰晴空。
广宇悬天镜，寒宫照玉灯。
晶莹涤肺腑，澄澈洗心灵。
四海婵娟共，归思今古同。
2017年10月4日

乌海旅舍见第一场大雪

秋晚如孩脸，边陲乱夏冬。
才逢悬丽日，忽见起阴风。
醒梦惊迷眼，飞花舞漫空。
单衣寻店铺，高价买棉绒。
2017年10月9日

再咏乌海飞雪兼答仲相兄“乌海白海”一说

谁遣春来早，琼花舞满天。
银川还素面，乌海掩青颜。
气象无一定，风光总万般。
须臾云雾散，秋景洗光鲜。
2017年10月9日

“大雪”日断想

一

天气无常数，季节紊乱中。
“立冬”冬少像，“大雪”雪无踪。
烩菜传微信，杀猪响网声。
乡人时不错，欢宴正酬朋。

二

惨淡挂斜阳，寒风扫地荒。
千楼摇影瑟，万树舞枝狂。
唤友馋猪肉，塞车望酒庄。
忽思逢“大雪”，美味在穷乡。

2017年12月7日

异乡立春感怀（二首）

一

岁律暗轮回，春来碎雪飞。
枝弯摇冻橘，骨傲绽寒梅。
栖懒只鸦瘦，啄欢群雀肥。
生机长孕育，更待一声雷。

二

光阴洒异途，同岁不同俗。
望井馋年味，怀乡梦炮竹。
临风愁绪乱，把酒醉心孤。
空对高楼厦，家国已万殊。

2018年2月5日

重回奋斗中学母校

一

草舍纳清贫，寒窗读苦勤。
弦歌传道艺，风雪立程门。
桃李遍天下，英才列阵云。
人生言奋斗，最忆傅将军。

注：奋斗中学为抗战时傅作义将军在河套地区陕坝镇所亲手创建。现学校大门前有傅作义将军雕像塑立。

二

拔地起楼群，风光满杏林。
鲜花拥笑脸，大树伴学身。
授业心呕血，求知昼继昏。
高山雕像仰，奋斗励精神。

2018年4月23日

感怀二首

一

时光流似水，老去快如风。
昨日青丝缕，今朝白发丛。
何堪说旧事，不忍照苍容。
且把杯中酒，茫然论死生。

二

人生情似海，世事幻如烟。
名利催霜鬓，恩仇耗玉颜。
虔心谋善念，笃意为亲牵。
莞尔一甜笑，长留天地间。

2018年6月23日

读玉昌《自驾西北游》

心逐天高远，飞车自驾游。
黄沙幽梦逝，青海暗云收。
高古敦煌问，虔诚塔尔求。
亲情知己遇，一醉壮雄赳。

读惠荣《创美庄园游记》

惠笔写庄园，风光阡陌间。
千羊云落地，万亩碧连天。
毓秀出高董，钟灵自鹿湾。
声名扬塞上，邀客赴联欢。

2018年8月26日

七言

承德十咏

一、行宫

京城东望万山重，迤逦行宫缀碧峰。
多少清廷荣辱事，深藏快马秘囊中。

二、承德

四面山峦抱坦平，一河逝水绕幽城。
高楼已忘皇家制，任意参差插太空。

三、山庄

碧水平原接翠峰，山庄胜景复三重。
花开春夏团团锦，叶落秋风愁圣听。

四、热河

热水源源地下出，朦胧雾气冒凉湖。
可怜天子金龙体，浴得浑身劲也无。

五、七十二景

移步莲桥望鏊松，江南烟雨北国风。
七十二景爷孙命，九代君王命不同。

注：康熙与其孙乾隆对山庄的景物各命名36 处，前后共72 景。

六、掖庭

宫苑深深锁禁门，群芳斗艳占君恩。
庭前花落飘心悸，易老红颜几度春？

七、楠木宫

伐尽深山宝树亏，为宫楠木显皇威。
和绅难享恩泽重，一扇窗棂惹是非。

注：嘉庆惩办和绅的罪名之一是，和绅府邸的一扇窗户为楠木制作，犯了僭越之罪。

八、西暖阁

暖阁九尺夜灯昏，帐掩龙床被尚温。
御笔一签心已碎，江山万里属他人。

注：西暖阁为皇帝寝室。清代康熙、乾隆、

代書深山寶樹亦為宮楠木顯皇威和珅難享恩澤重一扇窗棂惹是非

老哈并書

嘉庆、咸丰均于此住过。1860 年 10 月 28 日，咸丰在西暖阁病榻上批准了丧权辱国的《中英南京条约》《中法北京条约》《中俄北京条约》，并追认《中俄瑷珲条约》有效。我国的九龙半岛割给英国管辖，黑龙江以北、乌苏里江以东 100 多万平方公里的国土被俄国霸占。

九、西暖阁旁夹墙

蝉声八月噪夕阳，妃子西宫未纳凉。
花影摇风人影静，谁知“帘政”起夹墙！

注：西暖阁旁的夹墙是当初慈禧偷听咸丰遗命的地方。正因为慈禧获知了重要机密，才与恭亲王奕欣酝酿并合谋发动了辛酉政变，导致其垂帘听政，统治中国近半个世纪。

十、外八庙

缭绕佛香庙几重，金光耀顶布拉宫。
边墙一弃无烽火，四海来朝岂武功？
2016 年 6 月 16 日

注：据传，康熙修建外八庙是为了让各少数民族首领避开京城天花瘟疫，来承德朝见清朝皇帝的，这也是为了以宗教收拢各少数民族

人心。康熙认为，万里长城挡不住北方游牧民族的入侵，只有采取怀柔的民族政策才能达到民族和睦。因此，他放弃重修长城。这一点是很高明的。

悼赵福生

当年乐奏舞台中，青马啸啸笛悦鸣。
军旅匆忙别赠柳，鬓霜闲定聚交盅。
官谋常造乡梓利，身退犹怀风雨情。
欲把一壶老酒会，忽闻噩耗近清明。

2015 年 5 月 3 日

注：当年我和赵福生同台合奏《小青马》。我拉二胡，福生吹笛。2. 古人有临别赠柳之风。1968 年冬，我与福生在巴彦车站偶遇，福生身着戎装于站台，我在火车上。即将开车，福生情急之下，摘下胸前纪念章赠我。3. 福生在前旗公安局局长任上，为家乡做过不少好事，有口皆碑。

新农村采风记

一、新居

黛瓦粉墙落地窗，农家新院正朝阳。
十层高垛床头被，五彩纷呈电视墙。
架下无言蔬果绿，门前鸣叫轿车黄。
穷乡僻壤无踪影，断壁残垣拍照藏。

二、嘎查

夕照嘎查景幻奇，蜃楼海市眼迷离。
毡包错落飘云朵，庙宇参差动法旗。
原草如茵嘶奔马，衢街似砥过飞车。
新潮牧户求新派，网上搜寻好信息。

三、养老院

三秋草色绿黄微，门第当阳洒晚晖。
素壁平装薄电视，明窗敞亮暖衾帷。
敲棋哗语争红脸，拄杖哼歌展白眉。
小酒灯前闻絮语，满天星斗起鼾雷。

2015年10月25日

春节厦门游

晴空澄澈水光蓝，林立高楼靓海湾。
草木欣荣知暖季，春联灿烂兆丰年。
银花火树无霾炮，车水马龙有井然。
纵是初一缺煮饺，汤圆糯饭也香甜。

注：据说，厦门为防空气污染，已连续10年禁放鞭炮，只在春节期间举办大型焰火晚会以庆。交通管理严格，较少拥堵现象。

重登鼓浪屿

明珠镶嵌景旖旎，岛屿区区问世奇。
鼓浪声传石有韵，光岩日照目无极。
成功雪耻曾驻伍，无奈盘居始有夷。
自是钟灵毓秀地，眼前处处导游旗。

2016年2月8日

注：据传，郑成功收复台湾前，曾在鼓浪屿驻军操兵，而首位在该岛建房居住者，竟然是一百多年前的外国商人。

上海南汇桃园农庄

南汇桃园万亩栽，春风一夜吐芳菲。
九天仙子胭脂染，千丈云涛粉雾排。
笑意盈盈羞涩面，含情脉脉嫩柔腮。
花容暗恋香盈鬓，解语灯前遣幻怀。
2016年3月20日

南汇新场古镇

春风拂煦柳林深，古镇幽幽隐古身。
瓦舍勾栏连斗巷，商摊酒肆遍乡音。
牌楼夕照皇恩匾，蓬户家藏名士文。
世态新潮浮热躁，游人一见自清心。
2016年3月2日

丙申春节游武夷山

闽北风光看武夷，山奇水异两相宜。
九曲溪似仙罗绕，一线天如鬼斧劈。
路转樵台天阔远，声传书院雾迷低。
红袍小种出云岭，也伴朱学入“世遗”。
2016年2月8日

注：九曲溪、一线天、问樵台、书院等均为武夷山景点。大红袍和正山小种为武夷山名茶。朱学则指程朱理学的代表人物之一朱熹，其为武夷山人。又，武夷山以自然和人文两项入选世界遗产名录，世称“双遗”。

贺贾学义当选中华诗词学会副会长

世态纷繁百味生，吟诗作赋总关情。
江中载酒寻幽梦，马上扬鞭唱大风。
野阔堪啸长短句，天舒宜引仄平声。
由来边塞多豪放，又见岑高领域中。

2016年3月21日

注：岑，指岑参；高，即高适，均为唐朝著名边塞诗人。

公园即景（绝句九首）

一、广场大妈舞

歌声婉转也铿锵，舞步娴熟或紧张。
粉黛红装潮水涌，男人无奈下厨房。

二、太极拳

猴腿猿拳软放收，一招一式也轻柔。
无声正是心如海，骇浪惊涛稳驾舟。

三、抖空竹

双杆一线滚风锤，声震云霄燕鹞飞。
终是竹材品质好，虚心正可响惊雷。

四、放风筝

冬去春来地气升，竹鸢纸鹞竟飞空。
威风借得东风力，断挂枝头眉眼松。

五、大合唱

半世明白半世懵，老来尚有好心情。
得失荣辱全不记，一展歌喉万事空。

六、地书

水为徽墨地为宣，铁划银钩法度严。
名利书坛兴怪丑，淡泊高手在民间。

注：“宣”即宣纸。

七、走圈

流星大步期身健，结对成群圈绕行。
恰似人生多诡异，匆匆一路复归零。

八、恋人

笑语欢声人渐稀，夕阳剪影看偎依。
春情不待梢头月，戏水鸳鸯笑也讥。

九、老伴

历尽沧桑白发稀，两重心字仍罗衣。
花间轮椅谁推手，红褪香残不弃离。

2016年4月10日

注：“两重心字罗衣”为宋晏几道《临江仙》词句。意为身上两重罗裙为心字熏香所熏，或罗裙衣袖上所绣心字形边，喻为相爱至深。

城市掠影（绝句十首兼打油）

一、市容

林立高楼插雾空，万家灯火也朦胧。
车流放眼堆积木，如蚁行人少表情。

二、CBD 商圈

楼披彩带闪霓虹，广告招牌大影屏。
洋字无容谁鄙诋，商家各有快刀锋。

注：“谁鄙诋”可做“CBD”谐音。

三、超市

满目琳琅售卖奇，长安不复各东西。
生民毕竟食烟火，柴米油盐价少提。

注：唐朝时，长安有东市西市之分，现称买东西或源于此。

四、地铁站

南北东西网路通，人潮涌动下迷宫。
疲身未躲高峰挤，无奈公交叠几层。

五、售楼处

一夜西风凋碧树，空楼惨对售楼处。
门前罗雀应得知，抢购人潮曾几度。

六、贵妇

散挽乌云睡眼松，金莲款启带衣风。
无聊最是心无主，懒抱花犬望远空。

七、农民工

百尺楼头望倒悬，蹲身泥水咽盒餐。
可怜衣帽煞风景，忝坐公车遭眼嫌。

八、打工族

流水线旁机器追，快餐轮上脚蹬飞。
房东又叫房租涨，一月工钱尽告吹。

九、小摊贩

扩院接门箱摞箱，吆声未落客先尝。
寒风瑟瑟身发抖，泪语十年未返乡。

十、环卫工

垢面蓬头老茧结，黎明即起未尝歇。
国人若是知辛苦，何忍垃圾扔大街！

2016 年 4 月 13 日于沪上

五月五日、六日陕坝临河同学校友聚会谢答

十年卸任自轻松，访友寻亲任西东。
陕坝千杯惊契阔，临河万盏喜重逢。
朱颜易老心难老，岁月无情人有情。
塞上乡风崇义气，何须忍唱玉笳声。
2016年5月11日

注：1.契阔：久别的情怀。见《诗·邶风·击鼓》：“死生契阔”；《后汉书·范冉传》“行路仓卒，非陈契阔之所。”2.玉笳，指东汉蔡文姬所作胡笳十八拍，全诗充满悲愤思乡之情。

和李景亮《陶渊明》

魏晋纷争少日宁，玄谈无奈寡心清。
猖狂阮籍哭途尽，傲慢嵇康抚瑟终。
看破红尘多皂隶，归来荒径少陶公。
南山菊豆随心赏，一梦桃源自忘情。

注：玄谈，即魏晋玄学。阮籍句，见王勃《滕王阁序》“阮籍猖狂，岂笑穷途之哭”。嵇康，见《晋书·嵇康传》。归来句，见陶潜《归去来兮辞》。

附：李景亮《陶渊明》

魏晋风波起不停，几番世隐醒陶公。
居朝理事烦喧闹，遁野栽菊乐静宁。
啸傲柴门喝桂酒，流连古刹诵佛经。
今人若有桃源梦，早做南山散淡翁。

2015年7月11日

致邵惠荣学友

塞外同窗转瞬离，纷纷雏燕各东西。
谁家才女吾乡嫁，赋得《高塘》寄雁鱼。

2016年5月12日

注：1. 吾乡，即我的老家河北。2. 高塘，即春秋楚国才子宋玉的名篇《高塘赋》。3. 雁鱼，即鱼雁传书。

忆北太一期

一、核桃林

叶茂枝繁尚有荫，核桃青涩未馋人。
几多身影蹲林下，捧册冥思探理真。

二、讲坛

勃勃英气口悬河，白发苍苍富五车。
才润心田春夜雨，振聋发聩又弦歌。

三、小径

小径弯弯浸草花，芒鞋踏过跳惊蛙。
唇枪舌战难题论，一任东方满彩霞。

四、陋室

板架条拼苦雨淋，蓬遮草盖避高温。
谁家夜半微光漏，奥理深文捂被吞。

五、考试

十门功课敢轻松？晨伴残星夜挑灯。
纵使胸中成竹在，犹惊鬼谷问深坑。

注：据传，春秋时期，鬼谷子授徒，置徒于坑内，答不上来即就地活埋。

六、友爱

世味由来薄似纱，谁怜千里客京华。
遮风挡雨多相助，只为同行不路斜。

七、励志

茫茫人海寄身躯，嘔沥寒窗志不移。
富贵一轻如粪土，怦然心动亦割席。

注：割席，见《世说新语·德行》。管宁与华歆，俱为汉末人。初，二人共园中锄菜，见地有片金，管挥锄，视而不见，与瓦石无异。华捉而喜，窃见管神色，乃掷去之。又尝同席读书，有乘轩冕过门者，宁读如故，华废书出看，宁割席分坐，曰：“子非吾友也！”

八、鹏程

山光水色沐朝晖，海阔天空任鸟飞。
际会风云鹏翼展，独怜燕雀总低廻。

2016年5月26日

注：位于北京北太平庄的铁道部党校，“文革”后举办的第一期宣传理论干部大专班，学员戏称为“北太一期”。

故乡白洋淀散记

序：近日回到故乡白洋淀。故地重游，乡情美景，世态风物，颇多感慨。信口吟来，与群友共享。

一、万国菏园

万国荷花此地栽，千姿百态斗芳菲。
无言忍看娇羞蕊，应是离愁入梦怀。

二、万亩荷田

万亩荷田连碧空，红颜绿袖舞东风。
多情不似倚门女，直把清香沁肺胸。

三、芦荡

水绕缠绵蒲苇稠，心闲独爱鸟鸣啾。
吱呀摇棹忽停响，一任烟波自荡舟。

四、嘎子村

傍水临桥堤外逢，青砖黛瓦小烟囱。
游人却见雕童嘎，似笑商官二代红。

五、雁翎队

土炮砂枪船底平，神出鬼没苇荷丛。
仇深不射南来雁，只为倭贼犯自东。

注：雁翎队原为渔民水上捕猎野禽的组织，其船小底平，渔民使用抬杆、火枪等土制武器。抗日战争中，在共产党领导下，改为抗日组织，利用狩猎武器，神出鬼没打击日寇，威震敌胆。

六、旅游码头

环堤柳暗月如钩，静卧千帆夜码头。
淀上清晨忽喧闹，蜂拥游客乱登舟。

七、孙犁纪念馆

野水荒田古渥州，千年无作写春秋。
一支笔颂荷花淀，誉满文坛旺旅游。

八、渔户

网挂屋檐竿棹闲，愁听机器响声传。
地笼欲捕鱼虾尽，又盼鸭绒好价钱！

2016年5月27日

注：白洋淀受污染、干旱等影响，水量和鱼虾急剧减少。地笼等现代捕鱼工具又有将鱼虾断子绝孙的趋势。渔民纷纷改行建羽绒厂或受雇参与旅游摆渡，更使传统渔业凋敝萧条。

忆初中兼谢答诸校友

半世飘萍无定踪，蓦然回首忆初中。
饥肠瘪腹黎黎面，陋室幽窗琅琅声。
被裹泥身长土炕，烟熏鼻孔小油灯。
少年励志闻鸡舞，沥血呕心苦乐丰。

2016年6月5日

再忆初中

谪仙贬客不逢时，僻壤穷乡聚我师。
堂上弦歌传道义，心头规尺画圆直。
古今中外开聪智，算数几何启钝痴。
风度翩翩不凡响，京腔京韵亦成诗。

2016年6月5日

悼张士举老师

诙言谑語笑谈间，举重如轻化简繁。
今日西游乘鹤去，高足痛悼岂三千！
2016年6月4日

读张泽咏花诗兼观花照

鸟唱西山万点红，微澜滇水夏风轻。
忍将往事封心底，遥赠鲜花诗里情。
2016年6月2日

草原聚会颂

序：为迎接铁道部党校同学7月4日草原聚会而作。

一

依稀别梦似云烟，回首三十二载前。
陋室弦歌传理奥，寒窗学子挑灯残。

闻鸡起舞击节奋，被褐扪虱论世艰。
历尽劫波千废举，添砖加瓦欲争前。

注：被褐扪虱，见《晋书·王猛传》：“桓温入关，猛被褐而诣之，一面谈当世之事，扪虱而言，旁若无人。”

二

浪迹天涯忆旧游，佝劳事业各千秋。
青春无悔山河丽，白发当欣儿女优。
晚景何须多慨叹，夕霞亦应少悲啾。
嘶鸣老马风中唤，千里飞车聚白头。

注：老马，铁路蒙古族干部，草原聚会首倡和组织者。

三

茫茫草地展胸襟，蓝湛天空自洗心。
呼麦苍声闻客醉，毡包白朵比莲馨。
哈达高贵殷殷献，美酒醇香满满斟。
最是忘情篝火舞，一抛荣辱净灵魂。

2016年7月2日

聞鷄起舞
擊節奮歌
得們蚤論世艱

戊戌仲夏老唱華書

莫道西风（七绝四首）

一

莫道西风独自吹，寂寥路上有相随。
浩茫心事无人诉，付与凋花任意飞。

二

莫道西风独自凉，秋菊一夜伴惆怅。
朝霞愈见铮铮骨，人寐花迎破晓霜。

三

莫道西风独自酌，觥筹交错已嫌多。
烟云散尽心归静，荣辱得失化酒歌。

四

莫道西风独自吟，犹思李杜浩然心。
灯红酒绿无佳句，落叶飞红唱子衿。

2016 年 7 月 11 日

注：子衿，见《诗经·郑风·子衿》：“青青子衿，悠悠我心”。

暑中吟

一、南方大雨

炎炎烈日汗蒸衣，暴雨连绵又溃堤。
人作鱼鳖田作海，街成河道路成渠。
英雄抢险拼生死，毛蠹求荣弄假虚。
水利失修天叵测，何劳总怨厄儿尼！

二、南海“仲裁”案

祖宗基业万年传，耕浪耘涛属我田。
大国泱泱多忍让，小邦窃窃总馋贪。
缘槐蚂蚁夸粱梦，藏祸熊罴逞海顽。
今日休生昔日愿，一滴一点敢谁沾！

三、老虎咬人

一览银屏惊断魂，车门妄启虎伤人。
世间纵有河东吼，兽场绝无花下亲。
蹈矩循规和谐久，离心越轨死作频。
自然有序当然法，任性终将埋祸根！

四、蝉鸣

雨骤风疾叶下藏，歌喉开启待骄阳。
闷蒸不耐悠悠调，烦困难听噪噪腔。
一度传声情意断，几番哼语肺心伤。
祇今微信犹难信，况尔杂音不正常。

五、蛙声

月朗风清暑气消，河边湖畔唱声高。
羽急宫缓同天韵，律谨音谐比管箫。
井有孤蛙少识见，胸无点墨总杂嘈。
奇声怪调难容耳，一任呱呱赏自豪！
2016年7月29日

注：宫、商、角、徵、羽为古代五声音阶。

读光荣游阿尔山诗画

宛转迷离写景奇，一词一句也心仪。
听凭清照千年颂，却把光荣表第一。
2016年8月5日

观“福在花甲”荷塘玉照

夏日荷塘少点红，接天莲叶碧无穷。
谁人独爱青颜色，玉树临风一笠翁。
2016年8月15日

又题“福在花甲”荷花照

翠挽鬓云绿著裳，红颜粉靥小香囊。
眼前一亮芙蓉照，羞却何人张与狂！
2016年8月16日

赠刘建玉、冯务明二兄

东篱把酒胜陶公，妙笔乌托想象中。
止渴望梅云外事，相携随影梦边情。
泪流溅玉思君苦，眼醉识花逢雾明。
莫把桃源书武陵，两重冰火总朦胧。
2016年8月24日

答塞北的雪《立秋》

一叶飘零即告秋，何须急切冷飕飕。
农人正望多蒸晒，籽满瓤实硕果收。

2016 年 8 月 24 日

附：塞北的雪《立秋》

一叶杨槐一叶秋，青纱帐里话丰收。
虽非盛夏还余暑，早晚已觉起飕飕。

2016 年 8 月 21 日

贵州旅游行草

一、贵州印象

绣水描山缺地平，耕耘四季日难晴。
民族和睦家乡美，经济腾飞事业兴。
遵义红旗颜未变，茅台醇酒味犹浓。
黔驴穷技谁曾见，今日夜郎也自明。

二、贵阳即景

高楼林立与天齐，环绕群峰欲叹低。
官邸高门威赫赫，商摊长阵攘熙熙。

香车宝马不绝路，陋巷穷棚有误区。
莫道黔中多阴冷，一年四季赏花溪。

三、黄果树瀑布

鼎鼎大名自幼闻，涛声十里已夺人。
千寻素练方悬胆，万丈虹霓又断魂。
远赴重山唯一水，频拍合影尽三亲。
谁怜盘古遗佳景，唾手来财未费心。

四、千户苗寨

苗家神秘古幽幽，避祸南迁始蚩尤。
历史无书银饰刻，人文有据曲歌留。
山间楼寨迷云雾，街巷商摊漫彩绸。
旅客蜂拥忙购物，家家摊贩敛钱收。

2016年9月4日

致教师节

一

茹苦含辛执教鞭，讲台三尺做耕田。
知识传授人才育，唤作爷娘理也然。

二

吐尽蚕丝奉献停，燃烧自己照光明。
状元弟子寻常有，不见师尊名利赢。

三

家国民族待复兴，呼声教育快鞭行。
迄今教授教还瘦，谁为师尊鸣不平！

四

改革开放大潮流，教育裹挟借利谋。
君子固穷抒正气，一束羊脯任薄酬。

2016年9月9日

四川旅游行草（续）

一、杜甫草堂

花自芬芳木自荫，亭台馆榭掩竹林。
诗人悲唱秋风日，敢料悠闲在而今？

二、武侯祠

鼎立三分天下计，鞠躬尽瘁两朝心。
祠堂长使英雄泪，洒过前人洒后人。

三、乐山大佛

一座山成天地像，三江汇聚眼前流。
观佛莫止身边走，领略还须浪驾舟。

注：岷江、大渡河、青衣江三江合流于大佛脚下。

四、三苏祠

眉州山水自多情，孕育三苏千古名。
瞻仰当思评六国，行吟须唱大江东。

2016年9月19日

和宁贵《芦花》

一夜清霜布水乡，青枝绿叶染金黄。
银丝不羡红花艳，白发才欣素面光。
凛冽寒风偏抖擞，凋伤肃气却昂扬。
身微不忘匹夫志，齑粉心甘作纸浆。

2016年11月20日

附：邢宁贵《芦花》

你方唱罢我登场，伞翼白白弥水乡。
谁道繁花独艳紫，吾有清素自飞扬。
隆冬少见暖阳日，霁雪豪占玉渊香。
待到千红重摇曳，生根冒绿子孙长。

河套十咏

一、后套

阴山北拱势如虹，血涌黄河似挽弓。
阻断寒流兵与火，天人一应自繁荣。

二、三盛公

拦河突兀起高楼，坝锁黄龙恰扼喉。
滋润平川一套富，开闸此刻是流油。

三、河套酒厂

半城水苦半城甜，十里街坊糟味传。
多少曲精调进酒，名扬天下醉神仙。

注：河套酒厂所在地陕坝镇，据说大街东西两侧地下水质不同，西侧苦，东侧甜。

四、五原

杀伐掳掠几重天，朔漠籓屏设五原。
义誓驱倭名胜地，金光满目是葵田。

五、乌梁素海

西山昂首舞蛟龙，荡漾清波一点睛。
唱断渔舟蒲苇里，寻听水鸟几嘤嘤。

六、二人台

俚语俗言作打诨，声腔放浪管弦勤。
世间多少悲欢事，颠倒神魂看二人。

七、拢旺火

鞭炮声中柴木堆，五更即刻火焰飞。
喜神不见精神在，总盼来年富一回。

八、河套蜜瓜

秋风掠过蜜瓜园，百里香飘馋诱涎。
满地黄球摘不尽，飞车一路看金山。

九、炸油糕

皮焦面软滚胡油，虎咽狼吞老倔头。
未使唠叨粘住咀，却尝心里糯绵柔。

十、烩酸菜

槽头肉块腻而肥，土豆粉条做衬陪。
闻得溜溜酸菜味，呼啦上炕满桌围。
2016年11月21日

注：槽头肉即猪脖子肉，常做杀猪菜。

谢答老马盛邀午宴兼送别回沪过年

茫然兀自走寒风，老马长啸唤友朋。
小酒连浇觉热暖，欢言一叙忘西东。
江南烟雨春来晚，塞北冰霜气正雄。
且慢匆忙回沪上，草原年味满乡情。
2016年11月12日

谢答孙亚平北京宴请

雪践包头风送京，飘蓬无迹乐西东。
邀朋兴雅千杯少，会友情深百味浓。
一去学堂惊旧梦，重逢世事叹余生。
纷纷奋斗同门幸，纵使鬓霜心也通。

2016年12月29日

初冬江南行草

一、太湖鼋头渚

天际云涛卷暗潮，三山飘渺似舟摇。
听风窥雨鼋头渚，倒海翻江万浪桥。
片点渔帆颠影远，零星汽艇荡峰高。
冬来万物皆萧肃，一任行吟遣寂寥。

二、蠡湖公园

浩淼烟波极目虚，松涛柳浪软拍堤。
疏阴花径观湖醉，曲水云桥问路迷。
画栋多由西子异，雕梁更为蠡公奇。
激流勇退逍遥处，应是年年芳草萋。

注：无锡太湖边上的蠡湖公园以纪念春秋时期的西施和范蠡而建，据传为二人功成名就后的退隐之处。

三、惠山古镇

老树垂阴燕噪堂，雕栏玉砌锁残阳。
曾经恩典朝房幸，一去码头接驾忙。
山水无心留寄畅，泥人有意塑颠狂。
老来无事常怀旧，酒肆茶摊问废荒。

注：惠山古镇有当年乾隆皇帝乘船登岸的御码头、召见当地官员的朝房等遗存，还有多座大户祠堂，以及举世闻名的园林“寄畅园”和惠山泥人街。

四、乌镇

东栅清幽西栅奇，风光联袂见旖旎。
画桥横水衔钩月，馆榭沿江晃酒旗。
细妹乌蓬歌越曲，长衫漆柜卖糖饴。
城中男女寻安逸，尝遍乡肴看故居。

五、莫干山

东方抹亮散朝霞，竹海苍茫撩雾纱。
翠染群峰飞练瀑，红杂沟坎点枫花。

莫干剑影逐幽水，吴冢林梢噪暮鸦。
争霸人随风逝去，观山怀古两嗟呀。
2016年12月29日

注：莫干山以竹海闻名，且有干将莫邪铸剑遗址和吴王墓等名胜古迹。

贺京城校友聚会

永生盛请同学会，塞北江南邀共醉。
痛饮难得河套王，长吟更仗苏辛辈。
吾乡西贝誉京城，众口肥羊馋肉背。
兴逸湍飞忘雾霾，深情一聚长回味！
2017年1月14日

岁末杂感

一、暖冬

斜阳无力照南窗，楼厦悠然放影长。
万物应天生气敛，千家惯例越冬藏。
雾霾扩散嚣尘宇，菌害滋生泛市乡。
渴望狂风夹雪舞，清洁空气保安康。

二、新春

四季轮回旧布新，天增岁月寿增人。
无为碌碌茫然叹，有志翩翩浩荡吟。
往事如烟休起底，前程无际总超今。
且翻猴历听鸡唱，万紫千红又一春。

三、微信

巴掌魔屏万卷书，纷繁世界一摸出。
千姿百态人游戏，三教九流目混珠。
微信权同轻信伴，微言或可大言估。
休将此物当茶饭，看到糊涂眼涩枯。

2017年1月18日

观农民工十万大军驾摩托回乡过年视频有感

十万大军汇巨流，摩托满载喜中忧。
钻风透雨归心箭，碾雪滑冰破浪舟。
千里泥身嚼梦苦，一年血汗攒乡愁。
囊中羞涩凭筋骨，且把团圆轮下收。

2017年1月20日

步韵和徐冲兄《咏三国赵云》

群雄乱世谁忠义，沙场疑非看虎龙。
扶汉谋如赤松子，舍身杀为锦官城。
高功不恃皇恩色，皓首犹怀社稷情。
久叹常山出能将，赵佗何似赵云名！

2017年1月22日

注：赵佗（约公元前240年—公元前137年），原为秦朝将领，攻打平定岭南百越后，在此建南越国，号“南越武王”。

读杨震拒贿“四知”有感

一

城东驿馆正三更，闪烁灯花人影憧。
生遗十金星月静，公吟一语夜风惊。
谋私窃窃天睁眼，枉法悄悄神有灵。
明镜悬心无秽染，千秋争颂四知声。

二

国事民情大比天，由来吏治最攸关。
河清海晏由廉治，世乱风污自腐贪。
执政无私兴大业，为官忘我育忠贤。
四知断语惊神鬼，独叹心灵一镜悬。

2017 年 2 月 11 日

注：史载，东汉杨震“当之郡，道经昌邑，故所举荆州茂才王密为昌邑令，谒见，至夜怀金十斤以遗震。震曰：故人知君，君不知故人，何也？密曰：暮夜无知者。震曰：天知，神知，我知，子知。何谓无知！密愧而出。后转涿郡太守。性公廉，不受私谒。”

元宵望月

新年爆竹已连翩，烟散声歇待月圆。
海上姗姗出浴女，林梢默默窥羞仙。
飞情传恨悬天镜，笃意凝心挂玉盘。
火树银花难解语，姣颜蜜语待阑珊。

2017 年 2 月 12 日

闻某君遭毒杀

一

有家难进国难投，兄弟阋墙认寇仇。
天意怜悯人意恶，一枝杈杖是魔头。

二

立锥无地寄生频，狡兔三窟为躲身。
一剂毒帖顷刻死，无人知是计谋深。

三

八王宫里刀光乱，玄武门前箭似麻。
七步成诗泣釜豆，可怜生在帝王家。

2017年2月18日

注：西晋著名的八王之乱，是骨肉相残的典型。宣武门之变中，唐太宗李世民亲手杀死了自己的亲哥哥和亲弟弟。崇祯皇帝临死前，一面疯狂砍杀自己的亲生女儿，一面痛哭流涕地说，谁让你生在我们家呀！

见吹奏葫芦丝与抖空竹照再致宏苍双凤二杨学友

西山雄伟莽苍苍，山下双双耸白杨。
缠绕根须亲故土，依攀枝叶恋同乡。
三千苗木浇心血，四季风霜育栋梁。
飞抖空竹人未老，芦丝常奏凤求凰。

2017年2月23日

注：《凤求凰》为古琴曲，司马相如初见卓文君时，因抚琴弹此曲，赢得文君芳心。

二月二龙抬头遐想（打油）

一

二月龙头二日抬，无人知晓此由来。
假如三日才抬起，难道担心顶雾霾？

二

二月龙头二日抬，吾人愚钝费心猜：
天为老大龙排二，唤雨呼风属二乖。

纏繞根須親
攻玉依攀枝
業惠同鄉

三

二月龙头二日抬，剃头刮脸似脱胎。
人人争做龙孙子，龙梦存心莫忘怀。

四

二月龙头二日抬，龙头抬起莫徘徊，
千军万马齐跟进，滚滚春潮动地来。
2017 年 2 月 27 日

赞国泰集团公司

国泰雄风卷地来，临河气象景中开。
建材城自泥坑起，王府街沿殿宇排。
兴业强身高策略，为民谋利大胸怀。
多行善举乡梓幸，经济腾飞赖帅才。
2017 年 3 月 9 日

有感徐冲兄再为前次京城聚会赋诗

京城设宴三兄弟，塞外邀约几友朋。
欲饮花雕插翅快，直馋牛首感情浓。
欢言笑语千杯满，谑调狂歌一客空。
世事馄饨岂眷顾，酬诗唱酒任仙翁。
2017 年 3 月 13 日

早春沪上公园所见

江南春早雨中寒，一夜风停霞满天。
温暖阳光明且媚，清新空气润而甜。
休眠草木忽生亮，期待花蕾欲绽妍。
未晓惊蛰生物动，升平歌舞满公园。

2017年3月15日

三八节无锡梅园赏梅

春到江南三月八，倾城女子赏梅花。
才逢雪朵凌寒绽，又见芳容料峭夸。
羽带仙裙争俏色，桃腮粉面比新芽。
梅园风景独先占，总作红颜节日家。

2017年3月14日

排律·奋中网友文才赞

纷纷佳作网中传，点赞文才直犯难。
纵酒徐兄诗鬼句，行云汪弟少陵篇。
耕耘老友秋实硕，吟诵珊瑚格律严。
挥洒豪情冬雪美，萌涵雅韵桂萍鲜。

罗敷秀笔唯三首，玉昌华章值万钱。
京畿垆当司马客，永生赋比上林园。
千金楷体书婀娅，八秩师尊咏善言。
奋斗同门谁忘老，夕阳依旧满霞天。

2017年3月17日

注：1.诗鬼，指唐朝著名浪漫主义诗人李贺。因其诗句诡异奇绝，富于想象而得此别称。2.少陵，指杜甫，其自号曰少陵。3.罗敷为古代著名美女，此代指许玉昌师弟之妻罗秀华。4.当垆卖酒为西汉司马相如事。《上林赋》为司马相如名篇之一。

微信又见宏蒼双凤夫妇泰国旅游照

一

北国春魂泰国销，红颜泛起舞蛟绡。
家乡此刻犹飞雪，对影红梅万里遥。

二

才女俊男凤伴凰，千山万水作徜徉。
青春总在欢心里，纵使佛陀也赏光。

2017年3月20日

学诗三题

一

诗词本为唱歌填，顿挫抑扬最自然。
倘若随心平仄弃，伶牙俐齿也难堪。

二

诗词言志吐心声，最喜涵深语句通。
倘使唯求合韵律，佶屈拗口也发懵。

三

长叹高诗有硬功，一泓清水出芙蓉。
格严律谨轻松阅，咂嘴三嚼味尚浓。

2017年4月6日

游上海鲁迅公园

一、公园

老干参天展绿荫，亭台照水映凡心。
公园风景谁留意，树木其实更树人。

二、鲁迅纪念馆

投枪匕首煌煌作，铁骨钢筋瘦瘦身。
半世彷徨催呐喊，千秋发聩振聋音。

三、鲁迅墓

如磐长夜星灯照，黄土一抔没草根。
定论疑由棺盖下，犹惊毁誉到于今。

注：现在有一股全盘否定鲁迅的思潮，甚至有人提出要把鲁迅作品从中小学课本中全部删除。

四、世界文豪广场

汇集广场各逼真，慷慨长啸或浅吟。
莫道文人相小觑，大师原本最虚心。

2017 年 4 月 15 日

注：世界文豪广场在鲁迅纪念馆旁，树有多位世界文豪的铜雕像。

清明寄语（二）

莫道清明有定规，今年意外洒阳辉。
天公欲把哀思劝，坟冢难收泪雨飞。
孝义传家遵此日，德行践我舍其谁！
如逢父母今犹在，侍奉及时勿悔追。

2017年4月3日

附：2015年清明赋诗《清明寄语》（一）

莫道清明有定规，今年依旧雨霏霏。
天公才洒哀思泪，微信犹传介子推。
洒酒千杯沉地醉，焚香三柱寄云飞。
亲不待养光阴迅，勿使疏忽悔作堆。

2015年清明节

沪上欢迎怀强自海南做“候鸟”返

潇潇春雨放初晴，草木含珠花洒坪。
老酒一壶酌客远，欢言半世忆年轻。
思乡候鸟嫌南海，恋友孤鸿盼北庭。
岁月无情催白发，长由冷暖伴人生。

2017年4月5日

沪上中山公园即景

序：今见沪上中山公园大草坪上，老外云集，或休闲娱乐，或载歌载舞，或集体练操，成一大景观。吾甚有感而作。

高鼻深目发棕黄，肤色白黑异样装。
跳跃撒欢无顾忌，依偎拥吻任张狂。
华人比狗羞残梦，赤县腾龙诱外洋。
一敞胸襟容四海，民当自信国当强。
2017年4月16日

有感许玉昌刘庆微信介绍赵闻清兼致意闻清学友

闻道闻清闻旧深，故云故雨故乡人。
寒窗读苦一学子，健笔书成半等身。
大漠孤烟酣畅写，长河落日纵横吟。
欣然奋斗多才俊，每览胡杨总断魂。
2017年4月19日

读蓬蒿散人诗

又见蓬蒿出好句，读来咂味乐津津。
行云流水无雕饰，用典操章有古音。
酣畅淋漓描意象，婉约豪放荡神魂。
公孙一舞惊工部，半老歌娘叹散人。

2017 年 4 月 20 日

附：蓬蒿散人《题青山闲话女歌者》

徐娘半老入诗群，恰似芙蓉沐水清。
婉约缠绵清照韵，淋漓酣畅蔡琰魂。
何须沧海惟为水，不必巫山亦涌云。
才情荡漾涟漪泛，学海耕耘妙曲吟。

2017 年 4 月 23 日

见支平、张泽各拍梨花、海棠花照

一

塞外春风总晚来，海棠梨树又迟开，
有心人怕花惊世，忙趁羞颜快镜拍。

二

一树棠梨小院栽，花开顾影久徘徊。
二十年里心悬此，再等秋深红果来。

2017年4月28日

五四寄语

五四佳节塞外逢，狂风沙暴却来迎。
红颜不为浑天减，英气当由热血增。
人世寻常多坎坷，青春未必总光明。
寄言年少无虚度，赶趁时光建业功。

2017年5月4日

读赵闻清诗文六集有感

序：日前，承蒙奋斗中学校友赵闻清惠赠其诗文集大作六册，拜读之后，欣喜非常，感慨良多。闻清学友学识广博，精于思考，擅于文词，勤于笔耕，著述颇丰，又勇闯商海，成就显著。我为我们奋斗中学走出这样的人才感到高兴和自豪。现将其书概要和读书心得分册述之，以期学友们关注。

一、《一粒沙漠》

此为哲理性散文集，对阿拉善的山川风物，自然景观，生态环境，人情世故等进行了细致观察和深入思考。

一粒明沙一粒思，天人同法探询之。
深邃哲理出荒漠，品味三咂香自知。

二、《胡杨魂》

此为小说、散文、诗歌、通讯、随笔等诗文集，对世态、人生及阿拉善历史、风物进行了生动刻画描写和深入思考，融知识性、趣味性、哲理性为一体。

千年生死赞胡杨，万物纷争各自强。
优美诗文魂魄颂，凭谁一再叹荒凉？

三、《苍天里的阿拉善》

此为系列散文集，对阿拉善山川、历史、自然生态、物产、发展变化等进行了生动描写和思考。

肠断黑城思定远，居延发古唱航天。
一支笔颂阿拉善，胜似楼兰梦里还。

四、《一滴湖海》

此为散文诗集，着重对世态、人生进行了辩证性深入阐述和思考。

红尘识处明如镜，感悟人生思辨深。
调寄长歌抒意念，一滴湖海映禅心。

五、《诗写在阿拉善的土地上》

此为现代诗集，对阿拉善的风土人情、历史和现实、社会和人生进行了刻画和思索。

热土一方诗兴长，悠扬婉转或铿锵。
新词不齿朦胧句，总把真情吐恰当。

六、《赢在阿拉善》

此为报告文学集，对阿拉善20位民营企业家进行了采访报道，重点描述了他们创业的经历、经验和人生感悟。

报告文学写草根，淋漓酣畅见情真。
搏击赢在阿拉善，正是儒商后继文。

2017年5月5日

七律·现世一笑（打油）

一

地演天行总有方，人间变化却无常。
几时兴起玩微信，转瞬风行扫码帮。
钞票何须身上带，金钱一任卡中藏。
休言乞丐失活路，挂上二维依样忙。

二

莫道人间多怪事，惊俗骇世令唏嘘。
克龙当选方不惑，川普登基却古稀。
幼主携妃如老母，翁王宠后似雏妻。
大千世界须开眼，无序出牌常有奇。

2017年5月9日

观少年马克龙与其老师共舞视频有感

美女高高领小男，铿锵激越舞胡旋。
恩师既做学生妇，携手十年赢政坛。

注：胡旋舞源自古代西域，舞步旋转飞扬，姿态优美。传入中原后，于唐朝时长安等地盛行。

戏答玉宝老弟

老来无事做歪诗，刮肚搜肠乐不支。
不管群中谁笑话，既防寂寞又防痴。

2017 年 5 月 11 日

名人奇婚叹

一

春风昨夜入罗衣，走马连翩做少妻。
一纸休婚三百万，无人算得邓文迪。

二

少年才俊娶龙钟，总为难知不了情。
不管喧嚣尘上甚，春风一样马蹄轻。

2017 年 5 月 10 日

见街边老太太摆摊

夏日初来光照强，摆摊树下躲阴凉。
针针线线堆杂乱，角角分分计短长。
驼背深屈经苦难，皱纹满布浸风霜。
母亲节日隔天到，看见阿婆想起娘。

2017 年 5 月 11 日

为徐冲兄名联赏析点赞

佳句名联网上传，钩沉赏析耐劳烦。
山川形胜由评点，世事人生任论谈。
万里风云书片语，千秋功过写只言。
一枝独领文坛秀，笔底才思似涌泉。

2017年5月15日

观曙光学友转发播琴演奏《沙家浜》“智斗”视频

播琴一把半身长，鬼使神差奏羽商。
手指翻飞如雀跃，弓弦飘逸似风扬。
无言器乐生天籁，有味京腔荡气肠。
艺术由来无止境，怡然沉醉品芳香。

2017年5月19日

观古筝演奏（配以旗袍照片）视频

一

一板冰弦理纵横，驰张急缓任从容。
时而涧水鸣幽谷，顷刻天风啸碧空。

激荡情思溶乐曲，翻腾心事付瑶筝。
古今多少英雄泪，洒向无言指缝中。

二

谁把云霞做剪裁，旗袍一著会瑶台。
花团锦簇飘飘至，柳弱风扶袅袅来。
灿烂丝绸宜女性，婀娜气质悦身材。
中华自古独优美，不复金簪雪里埋。

2017年5月20日

注：“金簪雪里埋”本为《红楼梦》第五回判词句。此唯借之以示明珠投暗，实无原词隐喻之意。

端午谣

一

夏日初来暑气升，先人节日设聪明。
艾蒿一把蚊蝇避，雄酒三杯蛇鼠屏。
丑脸钟馗驱梦魇，香囊药物健孩童。
庭除洒扫洁环境，扶正祛邪讲卫生。

二

米粽玲珑香且甜，龙舟竞渡两千年。
罗江汩汩祈屈子，吴水滔滔祭伍员。
忠孝曹娥得慰藉，英豪秋瑾应欣然。
堂堂正气凝端午，传递子孙千万年。

2017年5月28日

听杨宏苍兄葫芦丝连奏十首视频有感

序：乌拉特前旗一中初中校友杨宏苍、杨双凤夫妇，近年来参加巴乌葫芦丝协会，学习演奏，成绩斐然；且愉悦身心，生活内容丰富充实，不失为颐养天年的一种良好形式。日前，宏蒼兄在微信上连续演奏十首葫芦丝乐曲，悠扬动听，颇为感人。由此想到，人老了，应该找点理由自娱自乐，万勿如有些人悲观所言：“吃喝等死”。

道是葫芦不见丝，芦丝声里吐情思。
悠扬婉转撩心醉，亢奋激昂引梦痴。
十首阳春白雪曲，连篇江月素花诗。
佳音胜似无忧草，返老还童未可知。

2017年5月25日

和徐冲兄乘车过河北境诗

久违闻得老徐兄，一诵高诗潮眼睛。
车走平原吟故里，笔生霞蔚写乡情。
壶中小酒邀京友，锦意无边胜公卿。
勿忘边庭河北佬，也馋大饼卷青葱。

2017 年 5 月 31 日

听视频二胡独奏曲《葬花吟》

红楼梦断叹虚无，一把弦丝呼欲出。
幽咽初闻花泪溅，呜吟又见冢锄哭。
余音愁锁人独立，长调悲吭影自孤。
千古伤心谁与诉，江淮残月晓风疏。

2017 年 6 月 10 日

观吴光耀老师与“塞北的雪”网晒曾初良漫画配打油诗帖（也打油）

网上连篇推大曾，别开生面荡新风。
夸张漫画多幽默，巧妙打油少正经。
世事由来多趣味，人生常待好心情。
已然掩卷还发笑，此等文学高水平。

2017 年 6 月 13 日

沪上杂咏

一、南京路

纸醉金迷百岁街，琳琅满目不暇接。
霓虹灯下无兵哨，时见纹身大款爷。

二、外滩

靓丽新楼掩旧楼，一湾景色总风流。
任凭江水无情逝，长使游人挤破头。

三、陆家嘴

遮天蔽日水泥林，际会风云半隐身。
多少精英梦缥缈：陆家嘴里窥金银。

四、东方明珠

璀璨明珠云水间，微波发射九重天。
千家万户潜伏去，魂散荧屏又不眠。

五、浦东

莫道繁华属浦西，浦东不屑置床席。
无人做得陶朱梦，一夜金山买地皮。

2017年6月14日

注：陶朱，指春秋时期辅佐越王勾践复仇打败吴王夫差的大臣范蠡。其人智慧超群，在功成名就后激流勇退，经商发了大财，世称“陶朱公”。

燕赵风物颂

一

僻地开天独有灵，山雄水健冀州风。
太行耸翠千峰秀，平野铺青万亩丰。
坝上草花肥牧马，淀中荷月醉渔翁。
碣石无意秦皇幸，自古昂然面海空。

二

炎黄逐鹿奠初宗，慷慨悲歌燕赵风。
一变胡服强列国，双和将相胜长城。
荆轲易水辞悲壮，刘备桃园缔死生。
敌忾同仇齐血耻，驱倭遍地是英雄。

注：1. 炎黄二帝大败蚩尤之地在河北涿鹿，后世称“逐鹿中原”。2. 胡服，即指赵武灵王

璀璨明珠云水间
微波发射九重天
千家万户潜伏去
魂散荧屏又不眠

胡服骑射的变革，自此赵国日盛，位列战国七雄。3. 荆轲刺秦王前，于易水边辞行，唱“风萧萧兮易水寒，壮士一去兮不复还。”

三

纷纷文曲耀星空，燕赵连篇颂雅风。
董仲尊儒兴帝业，祖冲算术盖圆功。
卢高吟唱惊边塞，贾岛推敲震古名。
淀上荷花新朵艳，文坛才女主联盟。

注：1. 董仲，即董仲舒，河北人，汉代大儒，其“废黜百家，独尊儒术”思想为汉武帝所接受，亦为后世历代帝王所崇。2. 祖冲，即祖冲之，河北涞水人，南北朝大数学家，最早将圆周率推算到小数点后 6 至 7 位数。3. 卢高，即卢綸和高适，均为河北人，亦均为唐朝著名边塞诗人。4. 荷花淀，指河北省的白洋淀，以近代著名散文作家孙犁为代表的河北作家群被称为“荷花淀派”。5. 现在的中国文联主席，即是河北省著名女作家铁凝。

四

远景宏图风水生，新区一设起雷声。
雄州鼎列金瓯固，渥淀荷开盛世红。
天朗气清期保定，川涓海阔待容城。
千年大计关国运，毓秀钟灵看振兴。

2017年6月21日

读五原知青村采风诗词有感

半世江湖半世懵，蓦然回首忆知青。
面朝黄土播期望，背向青天晒赤诚。
四季疲身藏幼稚，一腔热血裹朦胧。
狂潮退去留佳话，赚得诗人好采风。

2017年6月26日

无锡古运河游

序：隋炀帝开挖运河，迄今已历一千五百余年。当年炀帝龙舟浩荡，绵延百里。但好景未长，天下大乱，身死扬州。而运河却成为南北交通大动脉，利舟楫、兴漕运，为历代繁荣发展特别是巩固政权，做出了突出贡献。于今社会飞速发展，现代运输工具早已将运河功能替代。无锡古运河一段辟为怀旧景观，供人游览。然河中垃圾遍布，水葫芦疯长，游兴为之顿减。

一

炀帝雄才喜大功，征夫百万运河通。
龙舟欲返琼花谢，留得千年水路兴。

二

千帆竞渡往京杭，输满繁华动脉忙。
道得龙舟接几驾，无船数尽是皇粮。

三

粉墙黛瓦岸边疏，杨柳迎风倒影孤。
车驻楼旁寻旧梦，游船漫碾水葫芦。

2017年6月8日

自嘲二首

一

世事沧桑奈我何，神经麻木记无多。
富足已忘饥肠搅，安逸不思逆坎磨。

痛楚浑然成旧梦，哀伤一任谱新歌。
前车所幸糊涂过，雨打风摧看后辙。

二

世态炎凉奈我何，红尘看破释怀多。
平常心境观荣辱，放大情怀看挫磨。
乐道津津涂笔墨，安贫淡淡唱诗歌。
此生如草诚不慕：雁过留声车碾辙。

2017年7月4日

沪上暑热

暑气升腾日晒凶，大街小巷入锅蒸。
高楼拥挤难通气，绿树稀疏少蔽空。
活计艰辛挥热汗，腰包鼓胀买凉风。
无钱无位心安静，清爽犹能脚下生。

2017年7月17日

闻沪上高温150年来罕见，西安热射病绍忠全家去新疆避暑

今年酷暑不寻常，地北天南煮沸汤。
沪上高温百年遇，西安热病远乡藏。

人忧大气多戳洞，我怨周边少纳凉。
生态任由遭破坏，天灾应许更猖狂。
2017年7月26日

戏答上海晓非东海及徐州玉宝诸友

一方水土一方人，生长繁衍总有因。
上海清风天海阔，草原沃土草根深。
吟花弄月江南韵，纵酒扬鞭塞北魂。
应羡彭城弃兵火，留些宝地好耕耘。
2017年7月22日

注：彭城为徐州古名，历来为兵家必争之地。玉宝老弟闲情逸致，退休后到徐州郊外搞种植养殖，好不惬意。

闻九寨沟又遭七级地震

未料今年多事秋，天灾又降大山沟。
汶川悲剧偏重演，九寨惊魂竟再游。
罹难生民伤命苦，逞凶造化弄人忧。
合十祈盼多怜悯，少让无辜血泪流。
2017年8月9日

滇西行草

一、永平访友

京城一去几十年，访友迢迢到滇边。
横断山中嘲“地主”，澜沧江畔赏庄园。
焚香膜拜大佛寺，漫步奇观红豆杉。
醉侃拼搏无倦意，满天星斗已阑干。

注：一同学在云南省永平县郊区购置1700亩山地、营房，近30年来连续投资2亿多元，建成经济开发基地，其中以4000多万元建成大佛寺。又种植200多万株红豆杉，已初见收益。

二、腾冲“国殇墓园”

十万英灵祭墓园，苍松翠柏拥花环。
惊心动魄驱倭史，荡气回肠抗战篇。
缅北忠魂酬故土，滇西热血洒乡山。
远征壮举昭天下：犯我中华必被歼。

三、腾冲热海

云腾雾绕疑仙境，热浪咆哮似滚锅。
万古积压喷赤烈，千秋吐郁转婀娜：
花荫泉浴舒心佬，树掩汤浇惬意婆。
洗去烦愁消百病，温情一注造福多。

四、瑞丽赌石

夜雨濛濛夜市汹，堆堆璞玉摆摊中。
灯光点点搜奇处，微信频频报价声。
石破天惊决生死，福来祸往赌输赢。
谁知卞氏哭真璧，换得君王双刖刑。

2017年8月21日

中华诗词创作基地
——华盛太阳能农庄采风记

一、光伏太阳能发电

玉板银桩景象开，灵云仙雾掠硅排。
偏收紫气精华用，巧借阳光能量来。
致富科学凭智慧，扶贫精准赖情怀。
勿忧煤炭石油尽，替代光伏永不衰。

二、太阳能反哺生态农业

奇花异草滩石长，圣果蟠桃乱岗栽。
北种南茶超地域，西植东树造蓬莱。
穷乡僻壤生机焕，清女贫男旧业裁。
智配光农开远景，新潮引领创名牌。

三、诗词华能

边陲自古育豪情，跃马扬鞭唱大风。
开拓不辞青岛客，创新多见大学生。
精心培育江南景，热血消融塞北冰。
莫道青城郊野苦，诗词歌赋满华能。

2017年9月13日

注：华能总部在青岛，老总是青岛人，现已在全国各地开辟二十几个光伏生态农业产业区，成绩卓著。

又闻九·一八警钟长鸣

凌厉沉雄天地惊，振聋发聩警长钟。
民族灾难连年记，家国情怀与日增。
天下兴亡唯任重，匹夫荣辱比风轻。
同心共筑中华梦，雪耻终归赖复兴。

2019年9月18日

观张泽舞蹈视频兼赠张泽老友

爽气清秋心敞扉，翩翩起舞掌声追。
金歌激越行云遏，玉臂轻柔逸兴飞。

世上荣光疯里忘，人间苦楚笑中摧。
何求保健长生药，欢乐开怀命不违。

2017年9月19日

扬州行

一、润扬大桥

梅雨弥天江自流，长桥一跨望扬州。
苍茫云雾飞车里，不见瓜洲古渡头。

注：润扬大桥为镇江段长江大桥，前些年修通后，彻底结束了过江靠船渡的历史。瓜州古渡口为古代长江重要渡口，距扬州不远，现代交通工具兴起后，已废弃。

二、扬州

遥想江都忆广陵，邗沟开罢运河通。
兴衰千载逢新世，别样风情烟雨中。

注：扬州古称广陵、江都。运河扬州段即是在春秋时吴国开挖邗沟的基础上形成的。

三、瘦西湖

五步亭台十步桥，扁舟月下觅吹箫。
扬州梦里寻西子，瘦了身姿细了腰。

四、平山堂

湖光望断比山平，竹影松涛述政声。
诗酒文章千古事，风流宛似醉翁亭。

注：平山堂在扬州瘦西湖北尽头，为欧阳修任扬州知府时所建。因在蜀岗之上，目力所及，与四周山平，故名。时为欧公邀友诗酒唱和之地。后有人凭吊，题“风流宛在”，其匾至今仍悬于堂上。

五、大明寺

殿宇巍峨香火勤，兴衰几度到如今。
皇家灵塔无踪迹，千古留名是鉴真。

注：扬州大明寺始建于南朝，初为皇家之“栖灵寺”，后几经兴衰更名。唐朝鉴真大和尚东渡日本即由此修行出发。现寺内供有日本所藏鉴真真身复制塑像。

六、个园

几处奇石叠四季，万竿青竹掩楼亭。
不教山水沾俗气，只取梢头个字名。

七、隋炀帝墓

江都风雨欲沉沦，炀帝头颅猜属人。
坟冢千年说定论，枉教后世叹龙身。

注：隋末世乱，隋炀帝于扬州意志消沉，曾对镜谓萧后："好头颈，谁当斫之？"为宇文化及缢杀后，萧后拆床板为棺，偷偷下葬。又经三次移葬，最后不知所终。2014年施工中，偶然发现炀帝与萧后合葬墓，方确定炀帝墓址。呜呼，一代帝王，竟如此下场！

八、刘细君

武帝扬威结远亲，江都公主嫁乌孙。
可怜出塞琵琶曲，只奏昭君忘细君。

2017年7月10日

注：刘细君，汉武帝刘彻侄孙女。时武帝侄子刘建在今扬州为江都王，因谋反罪，夫妻均被处死，遗一小女即刘细君。元封六年（前

105年），武帝为抗击匈奴，钦命刘细君为公主，和亲乌孙王，为猎骄靡右夫人。并令人为之做一乐器，以解遥途思念之情，此乐器便是“阮”，亦称“秦琵琶”。猎骄靡死后，刘细君随从乌孙国风俗，嫁于猎骄靡之孙军须靡，并生一女。细君嫁乌孙及其后所为，为汉朝抗击匈奴，巩固边疆做出了重要贡献。现扬州博物馆正在展出刘细君和亲事迹，观后颇受感动。

九寨沟抗震救灾礼赞

一

九寨风光隐大山，神奇瑰丽自天然。
幽林环抱千寻谷，秀水涓流七彩澜。
雾气蒸腾疑仙境，云霞灿烂似瑶寰。
深藏万古出闺禁，倾国倾城睹玉颜。

二

地动山摧一瞬间，生灵涂炭饱摧残。
三军拼力排凶险，万众倾情祈祸安。
抗震不屈钢骨硬，救灾大爱海胸宽。
清明盛世民为重，敬畏自然法自然。

2017年8月8日

红旗中学师生聚会有感

前程无望落穷乡，忝做师尊挣口粮。
弟子欣来茹苦士，杏坛愧立咽酸郎。
红书红语教神圣，京韵京腔灌脑荒。
半世重逢忽一叹，大桥东北有心伤。

2017 年 9 月 5 日

中秋月圆遐想

当思明月有因缘，十五不圆十六圆。
或等亲朋千里至，犹容琐事百般缠。
人生自始缺完美，世相凭空论正偏。
莫待唏嘘说憾恨，稍需来日耐劳烦。

2017 年 10 月 5 日

杀猪菜（兼打油）

序：眼下正值后套农村杀猪季节，网上不时出现有关杀猪菜的趣文，受此感染，也不禁回忆并感慨起杀猪和杀猪菜来。

一

农家又见雪花飘，聚冷积寒冻未消。
才忍慈心驱破栅，又惊小子亮尖刀。
男追女赶人喧闹，东蹿西奔猪吼嚎。
糠菜一生成美味，酬答劳苦总难饶。

二

槽头肉满炖如山，大块盛盘大碗端。
土豆绵绵酸菜爽，油糕软软糯心甜。
一壶老酒烧红脸，几曲新歌唱晚天。
今日难夸城里味，催肥注水不稀罕。

2017年12月4日

读诗四题

一

溪边野草路边花，率意天真胜养家。
谁若赏心谁赞美，从来无意让人夸。

二

沐雨经风枝叶肥，千红万紫斗芳菲。
出墙红杏夸颜色，欲领风骚忘力微。

三

一池清水出芙蓉，香气幽幽沁肺胸。
不染尘泥神气爽，何堪半点抹黑红。

四

盆中花卉赖人栽，剪杈接枝令尔乖。
道是中规还中矩，总由拼凑费心猜。

2017年11月30日

初冬江南行草

一、游桐庐富春江

莫道春江只富春，冬来景色也销魂。
一川碧水浮寒玉，两岸红枫染暮云。
严子钓台幽且秘，黄公图卷幻而真。
西亭哭祭文山处，欲寄哀思任雨淋。

注：1. 严子，即严子陵。富春江桐庐段，有东汉隐士严子陵钓鱼台遗迹。严子陵为东汉开国皇帝刘秀小时同学。刘秀登基后多次招严进京为官，但严不为所动，于桐庐隐居，垂钓富春江，老死不仕，为后世所景仰。2. 黄公，即黄公望。元朝黄公望名画《富春山居图》所

绘富春江百里景观，主要选取桐庐一段作参考。3.南宋处士谢翱，为文天祥部属。文天祥殉国后，谢翱悲痛欲绝，登西台荒亭设文天祥牌位哭祭亡灵，用竹如意南击石而歌，竹石俱碎。4.文山，为文天祥道号。

二、重游绍兴兰亭

书道缠身艺未通，心驰神往又兰亭。
清流激水挥毫韵，修竹茂林泼墨风。
碑刻琳琅寻古意，鹅歌断续想黄庭。
几番扼腕悲真迹，徒叹新潮捷径功。

注：《晋书·王羲之传》：“山阴有一道士，养好鹅，羲之往观焉，意甚悦，固求市之。道士云：‘为写《道德经》，当举羣相赠耳。’羲之欣然写毕，笼鹅而归，甚以为乐。”后经证实，谓所写为《黄庭经》。

三、重游绍兴沈园

钗头凤诉两情缘，千古伤心在沈园。
老柳迎风摇往事，残垣对影载遗篇。
亭台寂寞欢声少，花径凋零独步寒。
欲告翁唐无此地，不教生死永相牵。

四、观绍兴柯岩云骨

孤峰突兀耸苍穹，云骨飘悬地脚轻。
奥妙不因盘古力，神奇全赖匠人功。
千年血汗滴锤下，万种风情入眼中。
南国墙台桥与路，青石遍地此山空。

注：云骨位于绍兴柯岩景区内。此地原是三国时期的一处采石场。后来山石采尽，平地独留此石。据说，云骨石是古代石匠采石的高度度量标尺，俗称“竖标”，为的是保证采石的尺寸。数代石匠一锤一钎，鬼斧神工造就并留下了如此奇石。

云骨石高31米，底围4米，而接近地面的骨突处厚薄竟不足1米。云骨从平地上直插云霄，其形体曲折，变幻多姿，看似头重脚轻，却已在风雨中屹立了一千多个春秋。清光绪初年丹书镌刻“云骨”两隶书大字，字比人高，字体刚劲，神形兼备，突显风骨和力量。云骨名闻天下，有“天下第一石”“石魂”之誉。

五、雨中再访西湖

云帐弥山雾漫湖，如毛细雨有还无。
蓬舟荡水漂疏叶，花伞环堤种彩菇。

柳老断桥长髯卧，荷残曲院乱杆突。
久馋黄酒鱼烹醋，楼外楼前醉影孤。
2017年11月27日

网见李永生徐冲学友牛头花雕宴《英雄帖》

又起花雕牛首情，一帖豪气告英雄。
已闻曲水流觞韵，待满青梅煮酒盅。
交错觥筹浇肺腑，酬答诗句唱人生。
于今谢摆尊师宴，听诵同门奋斗声。
2017年11月21日

赠潘涌老师

八秩身心似少青，谈经纵酒望仙翁。
才书万二诗集序，更注三千弟子情。
学问高深积满腹，文章华丽耀群星。
余生未了园丁愿，奔走筹谋又赴京。
2017年11月21日

注：潘老师以八十高龄，连续为几位弟子诗文集作序，其中仅再次为我的第二本诗集所作序言即长达一万两千余字。

祝贺十九届中央常委当选

碑程十九看辉煌，才俊英杰七入常。
已建丰功赢世誉，更凭伟绩亮人强。
复兴圆梦担肩重，崛起腾龙奔路长。
祈盼神州多幸运，领头代代不迷航。

2017年10月27日

贺申怀光老师八十寿诞

序：近闻12月21日为申怀光老师八十寿诞。申老师是我们初中音乐教师，当年风华正茂，既多才多艺，又风度翩翩。申老师教学勤勉，认真负责，待人亲善，所授音乐知识，使我终身受益。我因故不能亲往祝寿，唯以拙诗一首相赠。祝申老师幸福安康，益寿延年！

受教三春半世缘，一别故地缈如烟。
京腔润耳思亲切，玉树临风敬沛然。
音律谆谆得苦授，宫商侃侃获真传。
八十华诞师恩颂，欲展歌喉祝寿前。

2017年12月8日

痛悼田聪明学兄

一、初识

粗衣敝履挺拔身，朴厚憨直笑脸亲。
寒夜灯前逢捧册，凛然堂上识超群。
求学垂范操行正，入党追求主义真。
昔日放羊娃命苦，阳光雨露载恩深。

注：1. 田聪明就学奋斗中学期间，曾任学生会主席，我是学生会文艺部干事。2. 田聪明在奋中读高中期间即被发展入党，是当时全校学生中唯一的中共党员。

二、相见

征程自任雨兼风，重担挑肩举若轻。
方略良谋高论里，卓识远见笑谈中。
温情一瞥凝学弟，暖意三声邀室厅。
最是教人心动处，乡音唤我姓和名。

三、耳闻

莫道侯门傲面颊，常闻高就口碑佳。
声声血泪亲娘忆，字字官德百姓夸。
两袖清风行道义，一身正气报国家。
初心不改鸿鹄志，自有英名耀夏华。

四、痛悼

噩耗随风卷透寒，肝肠欲断泪先潸。
风云不测悲稀古，梁栋早收怨昊天。
党谱哀歌失俊逸，民叨戚语少忠贤。
吾从奋斗寻足迹，料得精神代代传。

2017年12月28日夜

知青两咏

序：2018年元月19日，内蒙古知青文化研究会迎新春知青联谊会召开之际，吾在外地，受邀而未能参加。后见诸多现场视频、照片及感言，不胜感慨。遂赋拙诗，以抒胸臆。

一、知青叹

呱呱坠地天方亮，与国同生迎解放。
丽日风拂领巾红，及时雨润禾苗壮。
风云突变卷狂潮，旗帜高悬驱小将。
理想朦胧热血流，江山本色承希望。

二、知青颂

特殊年代特殊人，碑刻知青不朽文。
国难担当多奉献，家贫承载少悲吟。
前程一误甘抛旧，运命连摧勇创新。
莫道精英寥落数，改革开放遍基根。

2018年1月23日

观玉昌秀华等结伴游越柬老图文有感

一

瑞雪难逢渴帝京，逍遥且作外邦行。
足登异土奇闻广，俗问他乡趣味浓。
揽胜观光读万卷，寻幽探秘悟千重。
此游结伴皆才子，更待诗书落笔中。

二

山水相依结旧邻，纷繁天下各怀心。
苔痕初露吴哥梦，炮影犹惊西贡魂。
小国寡民藏万象，灵佛广寺供千尊。
经年世事多风雨，任览风光邀外人。

2018年1月30日

年事杂谭（兼打油）

一、春联

红遍城乡喜遍宅，吉言福语两联排。
来年风气失文雅，万户同书“发大财”。

二、年夜饭

美味珍馐懒自持，时髦酒馆百桌支。
人声鼎沸生疏面，却是团圆守岁时。

三、爆竹

炮仗腾空响炸雷，平添欢乐纸灰飞。
何期环境无污染，独叫邪魔肝胆摧。

四、春晚

迎春盛世竞群芳，唱罢南方唱北方。
纵使一枝独秀早，谁能永久占风光！

五、拜年

春晚旁观手指飞，拜年微信又发谁？
千篇贺岁同言语，唯有真情意不亏。

2018 年 2 月 17 日

题“塞北的雪”阿联酋旅游照

高楼拔地耸云涛，梦幻瑶台仙羽飘。
照彻冰宫八万盏，玉人何处舞蛟绡？
2018年2月24日

初春旅日行草

一、东京湾夜景

夜幕无边罩海空，万家灯火接繁星。
流光溢彩悬天际，隐约楼船桥下横。

二、荒川河

料峭寒风浸满江，芦荻蓬草对枯黄。
高楼高速揉波影，望尽繁华忆大荒。

三、小松川公园

绒毛枯草漫黄滩，点点新芽破土钻。
鸟唱千枝人了了，芳菲却待赏樱天。

四、民居

木构独宅三两层，粉墙碧瓦几窗明。
寸金寸土虚庭院，古木齐檐花满棚。

五、居酒屋

偏街小店[illegible][illegible]窗，半矮桌台暗映光。
拼对独酌深夜里，歌声婉转入愁肠。

2018年2月28日

初春旅日行草（续七首）

一、街头

闹市喧腾人影稠，群楼高傲俯车流。
转来深巷寒风里，踽踽妪翁冷缩头。

二、港区

汹涌人潮出品川，名牌楼厦竞摩天。
通明灯火白如昼，多少工蜂加夜班。

注：东京港区多为大公司集中地。位于港区的品川站，是东京主要铁路转运站之一，每天早晨上班族人潮汹涌，非常壮观。

三、公园千本樱

疏影环桥照日高，漆枝墨骨小蕾苞。
不知能量藏多少，一吐芳菲似雪飘。

炮仗驚空響炸
雷平添歡樂紙灰
飛何期環境無污
染獨叫邪魔肝膽
摧

年事雜譚老哈并書

注：樱树开花固然美丽非凡，但冬季花叶落后却通身漆黑干瘦。

四、饮者

素壁格窗冷画屏，如丝春雨挂帘栊。
闲杯榻榻米中坐，醉赏单弦三两声。

五、和服女

彩缎香囊紧裹扎，鬓云高挽粉浓搽。
风摇柳摆木屐响，满眼乌衣一朵花。

注：日本人无论男女，着装普遍色深单调，少有街头的那种花里胡哨。

六、浅草商街

深巷夕阳叫卖急，雷门敞对攘熙熙。
人头攒动无花影，浅草何曾没马蹄？

注：白居易诗有“乱花渐欲迷人眼，浅草才能没马蹄”句。

七、富士五湖

孤峰雪岭耸云天，遐迩闻名谓领先。
游遍五湖方觉小，忽然念我大山川。

2018年3月26日

初春旅日收官诗草樱花五咏

一、花信

一株怒放万株催，南北约期次第开。
料峭寒风飞白雪，无人认是唤春回。

注：在日本，樱花的花季是2月至5月，从冲绳到北海道由南往北依次盛开，各地花开时间一般是7～10天。故樱花在日本有报春使者之誉。

二、花日

千本樱枝绽粉绒，晨光一抹灿如虹。
天公应许花开日，细雨缠绵也放晴。

三、花见

风自轻柔云自闲，天垂素帐草生烟。
载歌携酒花荫下，抖落夕霞醉影还。

注：赏樱花在日本被称为花见，是日本人每年必做的事情。

四、花叶

瘦骨干筋苦耐冬，报春一夜吐繁荣。
无花不齿争常绿，落尽芳菲叶始生。

五、花期

来也雄赳去也忽，辉煌灿烂瞬间无。
情丝斩断飘然去，料是花中伟丈夫。

2018年4月10日

青城初春

序：塞外初春，气候反复无常，却见青城大街小巷干干净净，一改旧貌，感慨良多。

塞外春来风卷沙，阴晴昼夜落温差。
云楼背角迟融雪，冬树朝阳先吐芽。

绵厚妪翁淹雾帐，纱薄女子亮街花。
归乡处处观洁净，上任新官偶有夸。
2018年4月22日

观杨宏苍雪地抖空竹视频

天籁声声贯耳鸣，冰原雪野觅仙踪。
霞裳舞动身飘羽，云鹞翻飞竹抖风。
松柏情怀人未老，晶莹世界艺犹精。
从今不喜繁华处，只羡空灵散淡翁。
2018年4月25日

见“新安老乡亲”网有感

少小离乡一梦牵，童颜雪鬓恍惚间。
残垣不识新安貌，生面难寻旧笑颜。
三句乡音催泪热，一壶糟酒忆心酸。
芳名个个频传网，道是非亲却有缘。
2018年4月29日

重游山东（七首）

一、崂山仰口

崂山初识自聊斋，道士穿墙法术乖。
百态云峰抒梦笔，千姿松岭蕴幽怀。
观阁飘渺迷烟谷，香客逶迤隐雾台。
一秉凡心东海鉴，何须仰口叹狐哀！

注：仰口为崂山著名旅游景点。当年蒲松龄写《聊斋志异》，曾多次到崂山采风，并在崂山道观中寓居著书。

二、蓬莱阁

千古传闻未上心，高阁一见荡神魂。
插天似剑长风立，划海如刀两界分。
戚将留城激清浪，苏公遗墨染闲云。
八仙得道浮槎去，雕像庞然少见人。

注：戚将，指明朝抗倭名将戚继光，其祖籍为蓬莱人。蓬莱阁下有当年戚继光训练水师的水城遗址。苏公，指苏东坡。蓬莱阁上有东坡登临所赋诗文墨迹石刻。

三、长岛九丈涯

一湾碧水望无边，百尺悬崖矗眼前。
细浪轻拍沙砾岸，清风漫扫岭头杉。
隐约异域消帆影，突兀巉岩立海天。
满眼浮漂铺累苦，渔家未解养参难。

四、济南大明湖

几访泉城赏趵突，于今初见大明湖。
清波荡漾三千顷，绿树环围十万株。
历下古亭遗胜迹，济南名士列长图。
匆匆游客谁留意，饱览风光似读书。

注：环大明湖畔，建有铁公祠及辛弃疾、曾巩、老舍等多位济南名士纪念馆。

五、济南二安纪念馆

千载名扬颂二安，词家有幸在济南。
风云思绪织千缕，家国情怀集万端。
纤丽雄浑皆妙笔，婉约豪放各绝巅。
今人未识心同苦，只把双星作美谈。

注：“二安”即辛弃疾字“幼安”及李清照号“易安居士”，二者皆为济南人。

六、济南铁公祠

风潮激荡铁公祠，铁面威风铁骨支。
靖难不从维正统，竭诚奋战退边师。
秉持大义凭强项，藐视淫威任碎尸。
壮烈空前尊汉祚，出身色目有谁知？

注：铁公祠为纪念明朝兵部尚书铁铉所建。铁铉，元代色目人后裔，为反对燕王朱棣南下“靖难”，在济南大明湖畔誓师，奋力抵抗并击退燕军。后为朱棣所擒，宁死不屈，壮烈惨死于朱棣手下。

七、老舍纪念馆

活为华章死为书，一生荣辱两名湖。
行吟泽畔忧家国，绝唱潭渊愤世俗。
笔起波澜出老舍，文翻风雨自贫屋。
闻言纪念今多处，吾道济南竟特殊。

2018年5月28日

注：老舍在三十年代曾两次寓居于大明湖畔，历时五年，并在此写下多部名作。但不幸的是，“文革”中不忍屈辱，自沉于北京西城的太平湖。

杭一中高十七班同学离校五十周年聚会有感

雨雪风霜半世缘，曾经苦辣与辛酸。
苍颜难把红颜辨，白发多将秀发掺。
岁月无情销万古，人生有意恋忽间。
休因迟暮兴悲叹，尚有夕霞一片天。

2018年6月5日

词、联

江南好·春来晚

春来晚，风雪又交加。树上干枝无绿色，园中细草未发芽，自顾弄家花。

春来晚，人老也心萌。奋走龙蛇书布谷，聊吟诗句写东风，侧耳盼雷声。

如梦令·春

一、春风

昨夜帘竿微响，今早枝头悄动。拂面更轻柔，恰似玉唇香送。苏醒，苏醒，唤取生机与共。

二、春雷

储蕴一冬能量，沉闷不敌脆响，天际滚来迟，绮梦却惊前晌。休躺，休躺，起看风急云攘。

三、春雨

野径云低雾密，帘外缠绵淅沥，懒起画蛾眉，却问叶花红绿。怜恤，怜恤，倒是天公有意。

2016年3月

临江仙·步韵答徐冲兄

律谨章华音韵止，诙言谑语凭拿，填词作赋属行家。吾书乏美意，尔句胜醇茶。

义举曾经携众友，东隅再显光华，天元诉讼受人夸。忝将拙作奉，举酒笑哈哈。

2016年2月

附：徐冲词《临江仙·拜读老哈兄书法妙品大有感》

飘逸雄浑奇且正，银勾铁划腾拿，故人锦字叹方家，一腔钦慕意，数盏雨前茶。

已是能诗惊众友，能书更见才华，杭中翘楚竞相夸。何时樽酒奉，我敬王老哈。

临江仙·赠卢普老师

粤语京腔掺各半，诙音谑调从容，谆谆教导更情浓。多年不忘记，耳畔总回声。

名校曾经读历史，古今中外全通，与时俱进耻书虫。闲暇玩微信，喜见老顽童！

2016年3月

虞美人·步韵“塞北的雪”词

杭中弟子知多少，奋斗何时了？曾经风雨浪涛前，总有拼搏相助慰心田。

而今白发思安泰，不令初心改。春晖暖照后来人，纵使天涯桃李也盈门。

2016年7月15日

附：“塞北的雪”词《虞美人·七月十五日开泰酒楼师生聚会有感》

金樽美酒知多少，畅饮何时了？小楼新雨旧檐前，笑语欢声阵阵润心田。

师生欢聚来开泰，纵是容颜改。问君识得几多人，只为当年奋斗是同门。

永遇乐·七月十五日开泰酒店奋中师生聚会有感

霓闪楼头，车流似水，夏雨如注。美酒飘香，珍馐溢味，笑语欢声处。丝丝鬓雪，条条纹皱，应是光阴眷顾。正欣然，人生无悔，直将奥理深悟。

七十稀古，诗书华气，才女翩然风度；皓首师尊，温文尔雅，爱意言无数。一门学子，老之将至，桃李天涯遍布。凭谁笑，重谈奋斗，夕阳短暮！

2016年7月17日

卜算子·悼师安爱同学

弹指五十年，玉照方得见。纵使无闻默默开，一朵绒花艳。

风雨太无情，命运何多舛。最是香消玉殒时，依旧容颜灿。

2016年7月22日

蝶恋花·七夕

卧数晴空星几许，浩淼银河，又叫愁思起。耀眼牛郎与织女，凄然依旧隔千里。

天上人间多有似，蜜意柔情，总著风和雨。倘使鹊桥无幸见，葡萄架下听私语。

2016年8月10日

念奴娇·网晒亡友卢占虎、赵永山照片有感

朴颜敦面，笃情满，眉眼纯真憨漫。笑里声琅，直与谑，长久难消耳畔。挺挺脊梁，铮铮颈项，披沥肝和胆。英雄豪气，布衣芒履不减。

风云突起当年，任呼天唤地，追随无怨。意气书生，抛生死，修得盲从蛮干。一阵狂飙，泥同沙俱下，理真难辨。冤魂屈鬼，唯凭亲友常念。

2016年8月17日

清平乐·女排里约夺冠赞郎平

榔头铁做，挥舞雄关过。砸下千钧如斧剁，威震敌营胆魄。

宝刀不老于今，仁心再造新军。佘太君昔报国，安如此等精神！

2016年8月21日

卜算子·秋意（四首）

一、秋风

无迹起青萍，渐摆西窗柳。待到花残叶落时，得意高天吼。

消暑吉来凉，吹送思亲友。梦里温情缱绻中，却把严霜抖。

二、秋雨

天际滚惊雷，闪电撕魔影。顷刻滂沱喜降临，痛快淋足顶。

却苦是连绵，点点滴疏冷。辗转薄衾入梦乡，又被敲窗醒。

三、秋声

凄婉唱寒蛩，脆响金石碰。呼啸犹闻万马奔，澎湃如潮涌。

万籁岂无形，竟自融生命。萧瑟秋风呜咽中，更把心撩动。

四、秋色

点点洒金黄，片片红霞落。大地缤纷五彩铺，绚丽何辽阔！

鲜艳百花凋，勿谓失颜色。万种风情转化成，累累秋实果。

2016年8月30日

清平乐·贵州旅游行草（续）

一、贵阳黔灵山公园

横陈翠岗，溪绕亭台响。洞幽一穿开豁朗，山色湖光才赏。

林中漫步悠闲，花间起舞翩翩。忽见人如潮涌，导游挥动旗杆。

二、青岩古镇

青峰脚下，古堡围石栅。虎踞城楼凌冬夏，倒影池塘如画。

幽阶高下蜿蜒，吆声酒肆商摊。欲探状元深邸，飘香猪手馋涎。

2016年9月11日

清平乐·四川旅游行草（续）

一、海螺沟草海原始森林

云腾雾绕，无雨无风扰。草木含珠滴多少，任意沾湿裤袄。

十围古树参天，奇根横架枯杆。蓦地阳光透射，林中五彩斑斓。

二、海螺沟观冰川不见

茫茫大雾，脚下寻梯步。不见冰川真面目，坐等阳光眷顾。

朦胧游客容颜，隐约土语方言。高处不胜寒冷，惊听泻水喧天。

2016年9月14日于磨西

三、黄龙溪古镇

依山傍水，古镇幽幽美。汩汩溪流穿南北，如摆龙头龙尾。

勾栏瓦舍蜿蜒，琳琅店铺连绵。三县衙门威赫，饶闻银锭沉船。

2016年9月16日于成都南郊黄龙溪镇

注：1.黄龙溪镇系三县接壤之地，旧时为协调管理，曾设三县衙门，至今衙署犹存。2.传言当年张献忠四川兵败，船沉时，大量银锭散落于黄龙溪镇桥西府河中，现经探查，得以证实。

依山傍水古鎮幽幽美洄洄
溪河穿南北如擺龍瓦
龍尾勾欄包含蜿蜒
琳瑯店鋪連綿三縣
衙門盛赫錢聞銀錠沉
船
成都黄龍溪老翁華書

水调歌头·中秋旅途望月

客舍推窗望，明月正当空。一见银光似水，玉兔捣忙中。却想嫦娥戚戚，碧海青天寂寞，独自舞清风。最是团圆夜，应悔入寒宫。

钱囊紧，行囊重，旅思浓。山重水复踏遍，何处觅乡情！阅过茫茫人海，尝尽酸甜苦辣，世事竟朦胧。举酒婵娟告：即日启归程。

2016年9月15日丙申中秋

清平乐·成都风情掠影（五首）

一、宽窄巷

蓉城两巷，宽窄名头旺。地北天南来欲逛，攒动人头张望。

商家货品罗陈，杂摊傍靠豪门。老板员工林立，花言巧语招人。

二、麻辣烫

黄昏月上，街店人兴旺。围坐团团麻辣烫，笑语欢声荡漾。

红油串串锅汤，汗流浃背争尝。已为刺激陶醉，管它香也不香！

三、泡菜

坛坛口怪，隔水绝封盖。日日尝鲜新续菜，麻辣酸甜可爱。

新陈代谢不停，杜绝腐败滋生。川地腌蔬道理，当询为政清明。

四、麻将

桌桌麻将，无论街和巷。更有公园开场壮，一片哗哗声浪。

成都天府之邦，远离烽火刀枪。何故非生无事，年年拆垒城墙？

五、农家乐

花墙树院，廊下尝家饭。醉把江帆峰雾看，卧享空调彩电。

游人投宿欣然，妪翁或住长年。城里如嫌烦躁，休闲也省烧钱。

2016年9月24日

忆秦娥·和红珊瑚《半世奇缘》

观微信，珊瑚觅得闺娥讯。闺娥讯，飘摇珠海，千帆望尽。

三年唱和无暇问，秦娥一首乡梓近。乡梓近，同窗故里，同悲命运！

2016年11月20日

附：红珊瑚词《忆秦娥·半世奇缘》

童年却，葱茏艳丽羞花月。羞花月，岸边柳色，村丫话别。

狂风骤雨雷如铁，夕阳灿烂电波越。电波越，天涯妪媪，欲飞情烈。

2016年11月19日

忆江南·深秋（五首）

一

独酌后，兀自立楼头。雁阵声声头顶过，青山莽莽片云游，醉眼数荒丘。

二

吟咏后，慨叹满腔喉。万物凋伤天未雪，清霜相伴已苍头，梗语志难酬。

三

挥毫后，横竖任飘悠。写尽秋风行与草，白黑不似果实收，笔冢念心揪。

四

人已老，独自莫悲秋。得意蹄疾春风逝，冲冠豪气夏云流，萧瑟却丰收。

五

天有道，四季换无休。雪压秋光萌春籽，人接鼎力筑金瓯，老马也嘶啾。

2016年12月15日

江城子·谢答包头学友邀请聚会兼和“塞北的雪”《南乡子·包头相聚》

悠悠半世梦忽惊，唤一声，兴冲冲，当年学子，呼啸聚钢城。仔细端详谁认得，娃娃脸，小顽童！

千杯侃侃诉别情：伴寒蛩，挑孤灯，苦辣酸甜，风雨问前程。自信夕阳无限好，还奋斗，笑人生。

2016年12月21日

附：“塞北的雪”词《南乡子·包头相聚》

梦里荡云帆，溅起水花思绪连。一叶扁舟漂靓影，甜甜，嘻戏玩童逐浪欢。

相聚却无言，且借樽杯忆旧年。岁月蹉跎曾携手，人前，苦雨凄风也笑颜。

2016 年 12 月 22 日

鹧鸪天·冬至初雪

一夜沉眠梦几重，晓来素影洒窗东。披衣起看天穹白，簌簌依然悄打灯。

发微信，唤亲朋，喜逢冬至饮杯盅。京城却道无丝雪，满布霾尘少此情。

2016 年 12 月 22 日

沁园春·拜读潘涌老师大作《语文教学艺术论》有感

大作煌煌，字字珠玑，句句芬芳。写百家诸子，经纶满腹，杏坛懿范，圣语盈腔。正本清源，寻幽探秘，善诱循循任品尝。人才事，关国家命运，天下文章。

惊乎岁月徜徉，叹苦雨凄风逝梦乡。秉文人气节，眉舒项挺，师尊肚量，桨荡帆扬。名利不图，恩仇不计，直把孩王作荣光。仁者寿，且成裘皓首，再享安康。

2016年12月27日

鹧鸪天·青城第二场雪

点点冰丝才润喉，飘飘洒洒又轻柔。随风渐欲迷人眼，万道千条舞白绸。

银裹树，玉妆楼，晶莹世界少烦忧。城中诅咒车窝路，岂料农村好兆头！

2017年1月7日

江城子·喜见京城同学校友聚会

樽前笑语荡春风，眼朦胧，脸绯红。一杯一盏，几欲醉酩酊。纵是千言应不尽，同窗意，故乡情。

京城聚会看精英，左文才，右诗翁，一觞一咏，举座唱皆惊。更有官人官话少，抒正气，看支平。

2017年1月14日

注：“支平”即现在在职的官员汪支平，亦为奋斗中学校友。

水龙吟·过年

一年又去匆匆，无情岁月催人老。前天浪漫，昨天灿烂，今天一宝。守岁余杯，接神旺火，团圆水饺。把初一过了，元宵兴尽，雷还滚，春还早。

休叹人生飘渺，恍惚间，勃兴潦倒。何须窥镜，容颜衰变，皱纹缠绕。难羡江湖，风光迟暮，风流青少。只焚香祷告，逍遥自在，平安才好！

2017年1月22日

永遇乐·丁酉感怀

一唱雄鸡，一年才过，一念兴叹。物换星移，冬来夏往，天地如盘转。流年似水，光阴似箭，逝去杏红桃艳。叹人生，烟云飘渺，但觉如梦如幻。

曾经懵懂，缠绵缱绻，欲剪情丝难断；有过豪情，心忧家国，醉把东风唤。醒来犹记，风樯浪棹，一片搏击呐喊。凭谁问，斯人已老，尚能宿饭！

2017年1月28日

注：民间有“七十不留宿，八十不留饭，九十不留坐”的谚语。吾已古稀至矣！

永遇乐·恭贺莎仁老师八十寿诞

风雨人生，七十笑过，八秩初度。灿烂鲜花，醇香美酒，情满诗词赋。同尝寿面，分切糕点，吹灭烛光几柱。正欣然，峥嵘岁月，风光又领一悟！

经纶满腹，谆谆教诲，大道弦歌如注。茹苦含辛，呕心沥血，桃李应无数。老当益壮，情牵学子，寄语殷殷嘱咐。师恩重，杭中奋斗，同歌共祝！

2017年1月31日

浪淘沙·沉痛悼念刘贤老师

噩耗网忽传，惊悉难言。曾经电话拜新年，话语沉浑难识辩，阵阵凄然。

往事过云烟，深印慈颜。诙谐睿智笑谈间。授业传经情更暖，犹似昨天。

2016年7月8日

捣练子·观怀强海南海滩照并诗邀引弟做客有感

一

椰树绿，海天蓝，半是汪洋半是湾。张臂一呼空气好，暖风吹荡醉心田。

二

行万里，避冬寒，半是孤鸿半是仙。浊酒一壶邀故友，唱风吟月忆华年。

三

夕照晚，暮云残，半是岚霞半是烟。风雨一收知昼短，且持杯酒祝青山。

2017年2月5日

西江月·青城第三场雪

向晚彤云密布，晨来洒洒扬扬。梅颜玉面窥西窗，睡眼朦胧一亮。

渴望迟迟不见，两番羞涩彷徨。东风唤醒热心肠，盖地铺天一场。

2017年2月6日

临江仙·见宏苍双凤伉俪双奏葫芦丝照

梦锁河曲故里，文赋掘井穷朋。当年长恨苦多时，极目苍山远，栖凤觅梧桐。

难忘断桥残雪，梨花带露含情。葫芦丝里奏人生，青山依旧在，几度晚霞红。

2017年2月9日

永遇乐·情人节感怀

月上梢头，黄昏约后，星汉遥注。夜放银花，阑珊灯火，才把悄言吐；玫瑰朵朵，罗心塑字，爱意唱声高诉。叹中西，情人节日，两厢各色夺目。

苍生冷暖，炎凉世态，总有千欢百楚。卖酒当垆，齐眉举案，艳羡应无数。天河望断，双蝶梦舞，朱丽罗欧血付。由他去！山盟海誓，永当守护。

2017年2月14日

注：卖酒当垆，见司马相如与卓文君事。朱丽罗密即指朱丽叶与罗密欧。

捣练子·赠海南候鸟族（三首）

一

天远阔，海横前，半扫椰风半鸟喧。
踏浪甩竿独钓叟，赶潮拾贝众顽仙。

二

调四季，避冬寒，半为康殷半赋闲。
浊酒一壶邀故友，暖风清气享天然。

三

冰化瘦，雪消残，半是归心半有缘。
塞外游人当备返，季风即刻到阴山。

2017年2月20日

鹧鸪天·青城第四场大雪

昨夜西风已转东，彤云密布待雷声，
天公诡秘无常数，飘洒银花似落英。

才辨认，又迷蒙，一身拂去仍扑胸。
缤纷使者春来报，瑞兆丰年未负冬。

2017年2月22日

采桑子·赴京参加牛头宴
途中见徐冲兄微信发来行香果照片并采桑子词

车行一睹行香子，发似拳曲，头似摩尼，比做神奇总不离。

酬诗唱句风光赏，雪露耕泥，树泛青皮，牛首花雕想惬怡。

2017年2月24日

附：徐冲词《采桑子·行香子·释迦子》

行香子本释迦子，剔透晶莹，月朗霞明，寄我拳拳乡友情。

人生易老天难老，气静心平，无忘笔耕，牛首太雕百岁行。

2017年2月24日

江城子·二月二十五日京城学友聚会谢答

花雕牛首宴同乡，左青衫，右红妆，交错觥筹，绿蚁泛春光。笑语欢声歌不断，高日饮，醉斜阳。

诗朋酒友老来香，赏孤芳，半痴狂。唱和交游，风雨侃沧桑。永弟徐兄高地主，勤顾念，做东忙。

2017年2月26日

注：永弟徐兄高地主，分别指三位东道主李永生、徐冲和经营种植养殖业，绰号为“地主”的高文明。

江城子·贺三八妇女节

一年一度又三八，雁归来，柳吹斜。雷滚惊蛰，蓄势待风发。万紫千红呼唤你，亲姐妹，众芳华。

撑天一半自堪夸，孝爹娘，育儿娃。母爱柔情，暖遍国和家。伴得蜂蝶巾帼舞，花烂漫，遍山涯。

2017年3月4日

采桑子·读“安老”《好文·人生百年……》帖

人生几个二十年？问过神灵，问过苍天，一样模糊答不全。

听凭酒肉穿肠过，今也心宽，明也清闲，几个十年任自然。

2017年3月15日

江城子·清明游西塘

序：西塘古镇在浙江嘉善县境内，去上海百余里，风光优美，小有名气。清明闲适，到此一游，然春寒料峭，风景羞颜未开。倒是店铺如蚁，唯有商品琳琅满目。

春风懒懒到西塘，柳丝长，绽鹅黄。草树新芽，绿处闪油光。蓦地朝阳一抹亮，才吐蕊，玉兰香。

湾湾清水绕街坊，画楼边，小桥旁，烟雨长廊，婉转看风光。却有如林排店铺，别兴致，挣钱忙。

2017年4月1日于西塘

江城子·戏答徐冲兄

清明闲逸到西塘，静凡心，任徜徉。率意词章，胡乱冠“临江”。纵使实名“城子”赋，难写尽，好风光。

一壶老酒远离乡，饮无双，醉癫狂。自顾无闻，此地有琼浆。倘使徐兄提醒早，杯盏尽，换黄汤。

2017年4月1日

注：前首《清明游西塘》本是《江城子》词牌，但网上发布时却写成了《临江仙》。徐冲兄指正后，又热心将西塘著名黄酒向我推介。为表感谢，遂另赋此词。

永遇乐·沪上初春细雨

雾锁虹桥，烟迷街树，空濛无际。伞种菇田，车飞潮水，人影忽飘聚。霓虹闪烁，笙歌断续，犹带漫淋湿气。沪来春，绵绵淅沥，几时日暖明丽？

繁华都市，金迷纸醉，风雨愁煞桃李。林立高楼，匆匆步履，难顾红和绿。莺飞岸柳，花开阡陌，已是耕犁遍地。凭谁笑，泥塘野老，醉斜斗笠。

2017年3月21日

临江仙·沪上春寒

夜梦罗衾紧裹，晨醒骨肌犹寒；去年今日到江南，呢喃听燕语，缭乱看花繁。

应是凄风苦雨，伤心难解缠绵。温馨此刻念家园：冰霜窗外拒，室内总春天。

2017年3月23日

江城子·和张泽《清明祭夫卢占虎》

凡尘一去缈茫茫，每相思，暗神伤。笑貌音容，脑海总徜徉。又盼清明君一晤，唯刈酒，纸和香。

匆匆一梦作阴阳。二十年，有多长？天命才知，鬓发已成霜。料得风云豪气在，天上去，永灵光。

2017年3月24日

江城子·五一感怀

三春正是好时光，艳阳天，暖洋洋。草长莺飞，花树吐芬芳。万紫千红增异彩，歌浪漫，舞如狂。

欣逢节日且停忙，美束装，醉八荒。劳动人生，品味最醇香。更悟一言书众友：勤四体，寿得康。

2017年4月28日

沪上摊贩

序：读徐冲兄仿打油几首，构思巧妙，文笔俏丽，十分欣赏。由此忽然想到，我现居沪上的街旁，有一连串小店，我常到此购物，不仅非常方便，久之也与店主相熟。然近遇市容整顿，小店接连被拆，不仅购物不便，且那些摊贩的生意也横遭摧毁。整顿市容固然好事，但那些可怜的小生意人则不知有何下场了。于是受徐兄启发，也仿作几首打油，以抒胸臆。

一

街边小店傍高楼，整日开门不见休。四面邻居图便利，打醋的打醋，打油的打油。

二

山东汉子李和刘，背井离乡生计求。廉价房租投本少，卖货的卖货，剃头的剃头。

三

前面摆摊身转侧，后头住宿似蜗牛。全家半夜挤一起，绊脚的绊脚，碰头的碰头。

四

冬季冷风吹四面，缩头吞袖守如猴。夏天遭遇连阴雨，撑伞的撑伞，接流的接流。

五

一日忽来街干部，违章建筑不容留。小摊小贩全轰走，无奈的无奈，发愁的发愁。

六

白壁粉墙重耀眼，文明标语美人头。远门购物逢刘李，苦力的苦力，晃悠的晃悠。

2017年5月3日

卜算子·见秉慧老弟桃林照

谁惹一枝桃，款款身边绕。正是春风荡漾时，人比红花俏。

群主暖男郎，质朴常憨笑。道是寻芳解语中，心苦谁知道！

2017年5月20日

江城子·贺原杭一中同学六一聚会

忽然花甲做顽童，六一来，聚杭中。起舞欢歌，举酒叙别情。纵是风霜催白发，春满面，领巾红。

狂潮一度卷朦胧，断学程，各西东。奋斗拼搏，精彩演人生。滴水之恩思母校，教卧虎，授藏龙。

2017年6月1日

江城子·观杭中校友聚会兼赠老三届

人生正是好年华，起狂飙，唤儿娃。一片丹心，革命断学涯。为保江山红不变，忠字舞，宝书拿。

重游故地起喧哗，老顽童，似归家。苦辣酸甜，笑里掩七八。凭是沧桑全揽阅，抛悔怨，赏夕霞。

2017年6月3日

临江仙·哈哈一笑

序：微信心灵鸡汤多矣，大多浮光掠影，印象不深；唯见一条，颇感极富哲理，耐人寻味，启人心智，即：“与其耿耿于怀，不如一笑而过。”品味之余，即想宣扬。故写成大字，并填词一首。

梦断愁花恨草，酒醉忧事伤情。夜阑人静更来时，梧桐滴怨雨，杨柳撒烦声。

天下洋洋之大，人生五彩纷呈，弥勒大肚尽能容。与其怀耿耿，何若笑一通！

2017年6月2日

江城子·写在高考

寒窗谁道不艰辛？早星沉，晚灯昏。雨雪风霜，无阻踏学门。为报爹娘酬梦想，书啃遍，笔磨根。

一张考卷唬终身，胜欢欣，败惊魂。独木难通，万马与千军。不信英雄无用武，操百业，遍强人。

2017年6月8日

江城子·再写高考（兼打油）

人生苦难自孩童，进学堂，套箍绳。起早贪黑，家长老师叮。禀赋天资遭压抑，书本啃，考分争。

不唯成就凤和龙，讨存活，要文凭。济世经邦，学问或成空。名落孙山何气馁，科场外，造英雄。

2017年6月9日

江城子·高考门前

人潮涌动校门旁，少闲君，聚爹娘，引颈期观，考场那儿郎。纵使骄阳风与雨，身似树，站如墙。

不信英雄無用武操百業遍強人

可怜父母秉柔肠，累甘当，苦甘尝。望子成龙，望女凤飞翔。学子题中可有问：恩重远，孝多长？

201年6月8日

捣练子·致父亲节

一

钢骨挺，铁肩扛，宽阔胸襟似海洋。
天赋男人为户主，支撑家业顶房梁。

二

经雨雪，历风霜，四季无闲劳务忙。
细作精耕播厚望，呕心沥血创安康。

三

尊教化，育儿郎，父爱如山福佑长。
敦品励学亲表率，遮风挡雨暖胸膛。

四

多孝顺，少轻狂，欲养时光不待长。
莫使荒疏吞苦果，事亲一误悔青肠。

2017年6月17日

永遇乐·读欧阳询书法有感

韵比龙翔，姿如凤舞，俊朗飘逸。铁划银钩，森严法度，风骨铮铮立。怡神悦目，嚼滋品味，美酒醉香浓郁。想当初，呕心沥血，攒成多少功力！

嗟乎世道，追名逐利，泛滥江湖技艺。捷径终南，投机怪丑，纸贵涂鸦体。可怜官场，挥洒题字，人走无情抹去。何不乐，修身养性，止于练笔？

2017年6月21

江南好·沪上梅雨

梅雨季，沪上雾濛濛。云帐弥天楼隐现，车流碾水路飞龙，花伞俏霓虹。

梅雨季，心事复重重。明媚阳光春唤去，狰狞夏日汗来蒸，忽起念乡情。

2017年6月27日

永遇乐·扬州访友

梅雨时节，飞车高铁，心往神聚。古道维扬，风流无数，唯有君长记。蹉跎岁月，萍踪浪迹，结下厚情深意。到如今，江南春逝，落花独念飘絮。

诗书翰墨，十车学富，指点江山道义。隐逸情怀，文人风骨，一股青莲气。可堪嵇阮，鸡虫白眼，绝响广陵散曲。由他去，生逢老也，信天乐地！

2017年7月9日

注：嵇阮，即竹林七贤中嵇康、阮籍。《晋书·阮籍传》载，阮籍能为青白眼，每鄙恶人则用白眼以视。鲁迅有“白眼看鸡虫”诗句。嵇康为竹林七贤之首，性高傲，不入俗流，后为权贵所构陷。临刑，安然抚琴奏《广陵散》，言称“绝响”。

蝶恋花·酷暑问答

试问缘何行酷暑，直叫生民，如此遭其苦：工地拼搏挥汗雨，田头焦躁如汤煮。

楼厦空调凉气吐，惬意悠闲，个个衣冠楚。却道人间无定数，同天同地难同属。

2017年7月20日

临江仙·寓言翻拍（五首兼打油）

一、狐狸与葡萄

陌上金风悄起，架中叶滚枝摇。滴溜串串紫葡萄，晶莹如美玉，饱满似珠包。

馋嘴狐狸藤下，几番蹦够徒劳。奈何悻悻走回瞧：“这厮酸厉害，让鸟去啄叨！”

二、狐假虎威

威武声扬江海，雄赳呼啸山林，虎王今日又出巡。狐狸跟后紧，羡煞众乡邻。

本是身微学寡，偏结贵兽名禽，拉成六故与三亲。别人多伟大，毕竟是别人。

三、狐狸请白鹤吃饭

盘浅粥稀香溢，言甜语蜜殷勤。狐狸大口舔囫囵，偷观长喙苦，无奈点频频。

回请瓶高腰细，仁兄嘴阔难伸。开心鹤姐乐独吞。以君行此道，还治此君身。

四、乌鸦唱歌

枝上清风得意，根旁瘪肚饥肠。乌鸦嘴里肉飘香，狐狸流口水，一计上心房：

“妹子天生良嗓，赏光唱唱何妨！”一番夸奖嘴开张，虚荣丢美味，欺诈忘提防。

五、新“矛与盾”

广告荧屏频闪，明星名嘴烦劳：“吾家制造有绝招，矛穿所有盾，盾挡任何矛。”

旁者反唇相告：“自戳二者瞧瞧？”窘急老板辩声高：“街头多骗子，我乃小年糕！”

2017年8月1日

沁园春·庆祝内蒙古自治区成立七十周年

内蒙边疆，地贡一区，天赐一方。有东林西铁，乌金宝藏，南田北牧，丰谷肥羊。山耸锦屏，河飘玉带，万物生机向太阳。风雷动，正欢歌起舞，赞美家乡。

人间如此沧桑，叹七秩春秋几时光：昔荒原大漠，躬逢盛世，烽烟沙场，义筑铜墙。蒙汉亲和，团结奋斗，跃马扬鞭奔远方。齐颂党，施民族大策，成就辉煌！

2017年8月8日

江城子·国庆中秋双节吟

金秋又是好时光，爽清风，艳高阳。万物生机，遍地菊花黄。更有红旗歌漫舞，双节庆，喜洋洋。

晴空只待月徜徉，洒柔情，布衷肠，天上人间，共祝梦辉煌。今日嫦娥应有幸，夸国富，赞民强。

2017年10月14日

水调歌头·秋

一、秋景

朗朗蓝天阔，淡淡白云闲。一抹长空如线，鸿雁正南迁。莽莽青山耸翠，片片红枫举火，五彩洒斑斓。极目莽林远，漠漠起寒烟。

歌声响，欢声动，满田园。一年心血，三秋收获望心欢。更有黄花遍地，摇曳金光灿烂，清气满人间。把酒频呼友，来赋好诗篇！

二、秋思

飒飒凉风起，片片落红飞。疏影横斜飘处，败叶也成堆。纵是花团锦簇，毕竟匆匆来去，无奈叹悲催。秋肃问天下，幸免未知谁？

东篱下，凌寒处，有芳菲。金菊怒放，欣然满目尽生辉。瘦弱偏生傲骨，娇嫩无输硬汉，独占百花魁。君且勿相觑：她是小娥眉！

2017年10月18日

江城子·丁酉重阳

一年一度又重阳，气清凉，雁南翔。万木经霜，金叶恋菊黄。更有枫花红似火，一簇簇，罨山岗。

老来不负晚时光，吼荒腔，赋拙章；纵酒挥毫，恣意任疏狂。待到登高观远阔，天地大，我微茫。

2017年10月28日

青玉案·冬至前晚即景

残阳渐落西滩下，月初上，寒钩挂。星火霓虹迷远厦。树摇孤影，灯排幽阵，骤起风呼喇。

严冬三九临门跨，昼夜均分少偏差。来日方长春又夏，开怀豪饮，勿嫌饺大，冰雪凭谁怕！

2017年12月22日冬至

江城子·深切怀念周尚仁老校长

当年风雨载寒窗，小油灯，闪微光。瘪腹饥肠，刻苦就学忙。为有师尊勤授业，凭校长，领艰航。

一生教育有良方，秉慈心，尚宽量。弟子三千，桃李竞芬芳。又悟苍天多有报，仁者寿，道德长。

2018年1月3日

蝶恋花·行旅（二首）

一、首都机场

空港恢宏天宇阔，机场无边，四野平林没。接踵银鹰飘叶落，冲飞又刺青云破。

来往行人潮水过，地北天南，各有形形色。心事万端猜欲错，无非世上匆匆客。

二、空客

云海横天团絮涌，恍入南极，雪岭冰山耸。赏尽琼瑶开漏顶，惊涛万里波光影。

空姐殷勤询暖冷，腰摆婀娜，玉臂杯浆捧。羞把凡尘说懵懂，耳鸣梦里方惊醒。

2016年1月6日

蝶恋花·域外海滩

大海横前天作幕，汹涌波涛，万顷琼花簇。浪卷巉岩喷玉柱，粉身碎骨扑归路。

薄雾濛濛风簌簌，望眼穿空，对岸知何处？脚下沙滩非故土，思潮翻滚将谁诉！

2018年1月12日

相见欢·异乡

一

黄昏独上高亭，月初升，一片他乡河岳，望朦胧。

鸟唱寂，籁声悚，起寒风。忍见离根枯草，卷空中。

二

寂寥忽起乡音，好温馨！却怕生疏问话，扰烦人。

眼觉乱，景生厌，少欢心。总是那方故土，又牵魂。

2018年1月18日

江城子·戊戌迎春

一年一度又逢春，扫封尘，对联新。结彩张灯，万户喜盈门。更待团圆年夜饭，燃旺火，早迎神。

飞星逝月总饶人，少增身，老增心。雪鬓苍头，何以怨光阴？且把今生儿戏视，听爆竹，举金樽。

2018年2月15日

蝶恋花·域外除夕

漆夜如磐风瑟瑟，林立高楼，半入星空没。摇曳霓虹犹闪烁，车流似水人寥落。

异域不知身是客，春晚思观，信号偏差错。醉把深更团聚乐，炮声梦里如雷作。

2018年2月18日

青玉案·观屈亚平辑杨嫦娥老师再返梅园踏雪寻梅照

江南胜景当无数，最欣赏，凌寒处：翠叶青枝团絮覆，玉蕾纷吐，红颜笑舞，香雪梅花坞。

小园逸事垂千古，万里嫦娥再寻顾，焕发容光还楚楚，此情何故？冷艳相钦慕。

2018年3月4日

清平乐·步韵郭红玉词《迎春·老山》（戏作）

春游携伴，树下离愁断。才女浓妆无片乱，恰似仙人立换。

身袭圆帽长襟，双眸一往情深。无奈红颜老去，唯留书画知音。

2018年4月4日

忆江南·网见许玉昌阴天陶然亭照片

云含雨，风定却天阴。柳线生烟摇翠影，虹桥对镜映圆轮，碧水静无痕。

人逢老，自觉秉凡心。戏把陶然亭上照，发来恬淡白头群，无语也沉吟。

2018年4月12日

念奴娇·城市高楼

群楼拔地，向天去，难解参差疏密。万户蜂巢鸽舍聚，怎个叠压锁闭！府邸森森，商门赫赫，独领风光异。巍峨才是，水泥钢骨堆砌。

无语独上亭台，望笙歌唱彻，灯红旗绿。眼下街衢如线细，攒动人头如蚁。远处何人，拼身营广厦，陋居棚里。一樽堪醉：问谁权力名利！

2018年7月31日

念奴娇·高铁

风驰电掣，乘蛟龙飞越，高山长水。鼓动惊雷呼啸去，箭射东西南北。海角盈寻，天涯咫尺，一笑飞毛腿。春秋冬夏，眼前无了头尾。

一盏茶趣悠然，浮光掠影，景色扑来美。闻得银铃询冷暖，柳摆婀娜车女。

事业牵心，亲情约面，迅疾疑神鬼。地球堪小，定由高铁劳累！

2018年8月2日

满江红·微信群

掌上魔屏，藏世界，无穷梦幻。轻指点，荡游环宇，纵驰荒远。四面消息来万里，八方景象收一片。许探问，满眼入风光，惊缭乱。

人生短，多聚散，微信里，寻常见。地球忽变小，笑谈迎面。世事沧桑听演义，人情冷暖说牵念。好个群，奥妙胜天书，凭君看。

2018年8月13日

八声甘州·过吕梁

望夕阳残照吕梁峰，苍茫染霞红。似灵云仙雾，凭虚飘驭，走蟒腾龙。未几晴衰亮减，暗暗露峥嵘：万马千军阵，呼啸西风。

惊诧危崖耸立，且沟梁怵目，涧水幽鸣。叹高山毓秀，深谷亦钟灵。问昭仪、廉官乡里；想无名，抗日遍英雄。飞车过，越今穿古，梦载枯荣。

2018年8月21日

注：1. 昭仪，即武则天，祖籍吕梁文水。2. 廉官，即号称一代廉吏的清初重臣于成龙，其祖籍亦吕梁方山。

永遇乐 · 读秉慧《村民聚会》

遥远村庄，几多幽梦，长使回味。袅袅炊烟，悠悠俚曲，犬懒闲闲吠。扑蝶曲院，粘蝉老树，麦垛躲迷藏对。炕头爷，吹胡瞪眼，说今道古听醉。

离巢燕鹞，别留由命，半世一呼聚会。纵酒狂歌，凄然一顾，白发红颜褪。历风经雨，佝劳苦累，捱过灾年荒岁。三生幸，躬逢盛世，不须落泪！

试对徐冲兄三联

（一）寂寞寄寒窗，寡守安容客宿
（对）缠绵织细缕，纠结继续绸缪

（二）近世进士尽是近视
（对）昔时西食夕实昔拾

（三）游西湖，提锡壶，锡壶掉西湖，惜乎锡壶
（对）思唐婉，端糖碗，糖碗陪唐婉，堂挽唐婉

诗友读后感

李景亮读《苦吟集》

梓册细研读，情思韵味足。
推敲心作句，辗转梦成书。
妙笔裾中意，新词语未徒。
诗言抒志望，岁月忆沉浮。

李生荣读《苦吟集》

席罢品味“苦吟”，多有太白遗风。
远近半个世纪，谁知哈兄苦心？
冀中苇滩穷童，有心有义有情。
一生清贫公正，老来书画有名。

邬书翔读《苦吟集》

乐读《苦吟集》，情真词更切，
仰天发浩歌，壮怀何激烈！
低眉喟然叹，委婉自多姿。
尊师请作序，愧煞攀高枝。
一读一追悔，不识老哈志。
亡羊可补牢，把酒论诗时。
2014年1月16日

注：世人多请领导、名人题字、作序，以抬高身价。

陈婕《卜算子》·读哈兄诗词有感

奋笔写平生，翰墨书心路。岁月蹉跎坎坷多，风雨寻常著。

无意史籍留，烙与黑白储。秋瑟春温穿越时，只有勤如故。

2017年3月6日

秋瑟去溫穿
越時唯有勤
如故

陳婕讀老
怡詩詞有感
王岂怡書

后记

我的第二部诗集《闲唱集》又要和大家见面了。这是我自第一本诗集《苦吟集》出版将近四年之后，所写作的绝大部分诗词的汇总。

这部诗集之所以冠名《闲唱集》，在一定程度上是相对于前部诗集《苦吟集》而言的。《苦吟集》是我自高中开始至2014年，近五十年来所写诗词精选后的总汇。所谓“苦吟”，其一是感叹人生道路与生计之“苦”，是谓苦中之吟。几十年来，世事的风风雨雨，人生的坎坎坷坷，形成了我对社会和人生的感悟、感叹之作。其二是感叹吟咏创作之“苦”。不少诗词是鉴于痛楚之尤，感受之深，随即产生了创作的冲动；但又苦于无“七步成诗”之才，于是不断苦苦推敲、修改、完善。一首诗词有时十天半月，有时一两个月，甚至几年才稍感满意。从某种程度上说，确实是我的心血之作。尽管如此，却又为“恨无知音赏”所扰。我的那首五律《述志》：“平生无大志，自幼喜诗文。对月常兴叹，呕心总苦吟。不图留籍册，只为赠知音。

赋得人憔悴，篇篇箧底存。”正是这种苦吟的真实写照。本来，这些“劳什子”只是作为一种爱好，或心底的自我宣泄，并没有拿去发表的想法，几十年都藏在“箧底”，偶尔有意气相投者来访出示一下。直到退休后有人撺掇，才得以付梓。

退休之后，闲暇时间多了。作为消遣，我一方面借助于阅读古诗词沉静心灵，打发时间；另一方面，在与一些爱好相同的诗友唱和中，逐渐增加了写作古体诗词的兴趣和动力。特别是网络平台建立之后，随着网友间诗歌酬唱的增多，更加深了我对写作古体诗词的欲望。就在《苦吟集》出版后将近四年的时间里，我连续写下 400 余首古体诗词。这些诗词大部分在微信群里发出过，借此希望与群友们共勉、共商、共乐，或为群里增加点“调味品”。总之一句话：退休了，闲暇了，借助微信这个平台，和大家唱和方便了，相较于过去几十年坎坷人生中的“苦吟”，现在自然算是“闲唱”了。这就是我这本《闲唱集》书名的由来。

这次出版《闲唱集》，我还是恳请我高中的语文老师，也就是后来奋斗中学党委书记的潘涌老师为我写序。这是因为，潘老师学识渊博，满腹经纶，令我极为钦佩和信服。潘老师在半个多世纪的求学和工作中，始终勤奋刻苦地学习，尤其在文学方面，可以说贯通古今中外。对于我国的古典文学，更是博通经籍，智周万物。即使现在已经是八十岁的老人，到了耄耋之年，还在孜孜不倦地学习，一生光做读书笔记就达四百多万字。

我们仅从潘老师在序文中对于古体诗词的煌煌大论，即可见其学识功底之一斑。潘老师文才超群，厚积薄发，为文纵横捭阖，神采飞扬。以他为主与人合著的《语文教学艺术论》以及多次为同事、学生著作所写的篇篇序言，思想内容博大精深，文词优美精湛。潘老师更是对学生怀有一颗仁爱之心。学生在校时谆谆教导，诲人不倦；学生离校后，也常常挂记在心，多方关注。即使为学生的诗集写篇序言，也深情倾注，殷殷切切。我原以为潘老师已届耄耋，心身恐难支撑，欲求而又不忍请他作序。尤其是继《苦吟集》之后，再想请他为第二本诗集《闲唱集》作序，犹豫再三。最后，还是由恳切的心情所驱使，拨通了他的电话。没想到潘老师不仅一口应承，且用了将近一个月的时间，写成了一万两千余字的序言。待给我寄来一看，不仅引经据典，洋洋洒洒，条分缕析，思想理念令人悟彻，观点见解令人折服，语言文词令人赞赏；而且字句、标点等细微处都一丝不苟，几无纰漏。更令我惊异的是，潘老师在四十二页稿纸上所展现的手写体字，不仅工整秀美，而且每个字只有大米粒大小。我不由地为潘老师的精神和体魄而高兴和赞叹。品读潘老师序言，我又学到了不少知识，似乎又听到了老师当年课堂上的娓娓道来，循循善诱。相比起我的那些诗词拙作，老师的序言更加令我“高山仰止”，为我的作品增光添彩。需要说明的是，潘老师在文中对我的一些评价，远远高于我自身的现状，我读之实感汗颜和惶恐。我只能理解为这是老师对学生的鼓励鞭策和寄予的厚望，我只有不断朝老师所指的方向努力追求，才不会辜负老师的一片心意。

在此，我还想说明一下，由于本人水平有限；由于是“闲唱”的无拘无束，自由放任，既没有应制之苦，也没有名利之诱；由于不少是网上与群友寻寻开心，随时唱和，不少作品未能反复推敲，精雕细琢，肯定存在不少瑕疵，恳请读者指正或谅解。

顺此感谢在诗词创作中对我帮助和指导的老师、同学以及诗友们！

2017 年 11 月 3 日